Rhiana Corbin
Lost in the rain
Travis

Rhiana Corbin ist das Pseudonym einer deutschen Autorin, die 1964 in Essen geboren wurde. Schon früh entdeckte sie ihre Liebe zum Buch. Nach einer kaufmännischen Ausbildung und der Geburt ihrer Kinder, begann sie selbst zu schreiben. Seit 2011 macht sie ihr Hobby zum Beruf. Neben dem Schreiben gehören Kunst, Musik, Film und Reisen zu ihren Leidenschaften. Sie hat mittlerweile mehr als 50 Bücher veröffentlicht.
Infos unter: www.rhianacorbin.weebly.com

Rhiana Corbin

Lost in the rain
Travis

rf

Deutsche Neuveröffentlichung März 2016
rouven-finn Verlag, Rhede

1. Auflage
Covergestaltung: Andrea Wölk
Foto © Lev4 by Bigstock
© Caesart by Bigstock
Druck: Print Group SP. z o.o., Polen
ISBN 978-3-946524-16-8
www.rouven-finn-verlag.com

Der Schwache kann nicht verzeihen.
Verzeihen ist eine Eigenschaft des Starken.
(Mahatma Gandhi)

1. Kapitel

Beth

In einem Bett aufzuwachen, das man nicht kennt, ist schon erschreckend, doch noch nicht einmal zu wissen, wie man hierhergekommen ist, ist noch viel beängstigender. Ein grünes Augenpaar schaut mich an und ich wünschte, es wären Devons, doch sie sind es nicht. Sie sind heller, die Fältchen an den Lidern weniger ausgeprägt, weil dieses Exemplar von Mann hier wesentlich jünger als Devon ist.

Es ist Travis. Devons Bruder.

Er blickt mich lächelnd an, doch ich bin viel zu überrascht, um darauf zu reagieren. Wie bin ich nur hierhergekommen? Und was noch wichtiger ist - warum trage ich keine Kleidung? Ich ahne nichts Gutes. Ganz zu schweigen von dem Klopfen an der Tür.

Travis springt aus dem Bett, läuft los, um zu öffnen, bevor ich etwas sagen kann. Seine Wohnung ist klein und das Schlafzimmer liegt direkt gegenüber der Wohnungstür, die aufgestoßen wird, sodass ich mir nur schnell die Bettdecke bis zum Hals ziehen kann.

Das Worst-Case-Szenario meines Lebens läuft gerade hier vor meinen Augen ab, und ich kann nichts anderes tun, als dabei zuzuschauen.

Devon schaut erst zu Travis, der nackt vor ihm steht, und dann wandert sein Blick ganz langsam zu mir. Sein Ausdruck verwandelt sich in wenigen Sekunden von besorgt zu entsetzt, und ich bin nicht in der Lage, etwas zu sagen.

»Das ist nicht dein Ernst!« Devons Stimme durchdringt langsam den Schleier, der sich um meinen Kopf gelegt hat. Ich weiß nicht, ob er mich oder Travis meint. Vielleicht ist die Frage auch an uns beide gerichtet.

»Ich dachte, du machst jetzt einen auf heile Welt mit Familie.« Travis fährt sich durch sein braunes Haar. Es ist ihm noch nicht einmal peinlich, dass sein Bruder uns hier in einer Situation vorfindet, die man ganz leicht falsch verstehen könnte.

»Ich fasse es einfach nicht.« Devon schüttelt den Kopf und dreht sich um. »Wir beide sprechen uns später!« Dann ist Devon auch schon verschwunden, ohne, dass ich einen Ton herausbringen konnte.

»Würdest du dir bitte etwas anziehen?«, schnauze ich Travis an, denn seine nackte Gestalt bringt mich wirklich zur Weißglut. Natürlich hat er eine tolle Figur, doch er ist niemand, der mich anturnt, und ich bin mir sicher, dass er auch niemand ist, mit dem ich geschlafen habe. Ich verstehe nicht, warum er versucht, Devon und mir etwas anderes zu beweisen.

Er schnappt sich eine kurze Sporthose und schlüpft hinein, dann schaut er mich besorgt an. »Geht es dir nicht gut?«

Was für eine Frage!

»Nein, Travis! Ich sitze hier nackt in dem Bett eines Mannes, dessen Bruder ich eigentlich liebe, und es sieht so aus, als hätten wir die Nacht zusammen verbracht. Zu allem Überfluss stand der Mann auch noch in der Tür und musste das mit ansehen. Nein, Travis! Im Augenblick geht es mir wirklich nicht so gut!« Meine

Stimme wird zum Ende hin immer lauter und Travis zieht überrascht die Augenbraue in die Höhe.

»Du hast mir aber etwas ganz anderes erzählt. Dass du Devon nicht mehr liebst und ihn zum Teufel gejagt hast. Wer soll denn da noch mitkommen? Ich dachte, ich mache es dir etwas leichter.« Er hebt vollkommen unschuldig die Schultern.

»Würdest du bitte das Zimmer verlassen, damit ich mich anziehen kann?«

»Warum? Ich habe doch ohnehin schon alles gesehen.«

Ich sehe nur noch rot. »Oh, du Mistkerl. Verschwinde gefälligst!« Ich werfe ein Kopfkissen nach ihm, verfehle ihn aber um Längen.

»Okay, ich mache dann mal Kaffee.«

Sobald die Tür hinter ihm ins Schloss fällt, schnappe ich meine Kleidung, ziehe mich hastig an. Ich muss hier weg, so schnell wie nur möglich. Ich sehe furchtbar aus und wage kaum einen Blick in den Spiegel. Wie konnte das alles nur passieren? Ich brauche dringend Ruhe, um über alles nachzudenken. Mein Leben nimmt eine Richtung, die ich nicht vorgegeben habe. Man hat mir die Zügel aus der Hand genommen, und ich habe nichts dagegen unternommen. Ich muss die Kontrolle zurückbekommen.

*

Ohne Travis ein Wort zu gönnen, verlasse ich seine Wohnung und fahre mit einem Taxi nach Hause. Mir ist nach Weinen, doch ich bin viel zu geschockt. Als meine Wohnungstür hinter mir ins Schloss fällt, lehne ich mich erleichtert dagegen.

Erst nach einer ausgiebigen Dusche geht es mir besser. Zum Glück ist Sonntag, und ich muss nicht ins Büro. Was ich jetzt brauche, ist einen Plan, wie ich Silver Diamond retten kann. So, wie ich Devon einschätze, wird er nun alles daransetzen, dass ich die Firma verliere. Auf seine Unterstützung kann ich nicht mehr bauen.

Ich hole meinen Laptop und mache mir Notizen, wie ich vorgehen will. Viele Alternativen habe ich nicht. Aber ich werde einen Termin mit unserer Hausbank vereinbaren. Vielleicht bekomme ich ja doch einen Kredit. Eines ist sicher, ich schaffe es nicht allein.

Nach einiger Überlegung greife ich zum Handy.

»Hi, Süße! Na, wie war deine Reise?«

»Jacky? Ich brauche dich!« Dann fange ich doch zu weinen an.

Jacky braucht keine Viertelstunde, bis sie an die Tür klopft und mich in ihre Arme nimmt. Sie ist der Trost, den ich jetzt brauche.

»Mädchen, was ist passiert?«

Ich gebe ihr eine ausführliche Zusammenfassung von dem, was in den letzten Tagen abgegangen ist. Jacky hört in Ruhe zu, stellt nur hier und da ein paar Fragen. Erst als ich am Ende meiner Geschichte ankomme, steht sie auf und holt eine Flasche aus dem Weinregal.

»Wir brauchen jetzt etwas Stärkeres als Tee oder Kaffee.« Sie schüttet zwei Gläser ein und ich bin dankbar dafür. Der Wein tut mir gut, wärmt mich von innen, wo ich nur noch eine große Leere spüre.

»Was hast du jetzt vor? Wie kann ich dir helfen?«

Ich hebe mutlos die Schultern. »Ich habe keine Ahnung. Morgen werde ich einen Termin mit der

Bank vereinbaren, vielleicht bekommen wir ja doch einen Kredit. Wir bräuchten einen Investor, doch wie kommen wir an diese Leute ran? Devon wird uns sicher niemand vorstellen.«

Jacky nickte. »Da hast du recht. Devon nicht, aber was spricht dagegen, wenn wir selbst einen Investor suchen?«

»Klar, aber wie wollen wir das anstellen? Wir können ja keine Anzeige in der Zeitung schalten.«

»Das nicht, aber wie wäre es, wenn wir eine Ausstellung auf die Beine stellen. Ich habe einen guten Freund, dem eine Galerie gehört. Wir könnten Stücke aus der Beth Line ausstellen und einige gewichtige Leute mit dicken Brieftaschen und Einfluss einladen. Vielleicht haben wir Glück und finden dort jemand, der uns unterstützt. Curtiz ist bestimmt, bereit uns zu helfen.«

»Curtiz? Ist das jemand, den ich kennen müsste?«, frage ich und lächele. Zum ersten Mal an diesem Tag.

»Curtiz ist mit mir zur Schule gegangen. Er steht auf Männer, aber er liebt mich. Er wird uns bestimmt helfen.«

2. Kapitel

Beth

Ich stehe vor dem Prudential Tower, in dem sich unsere Büros befinden und es regnet wie besessen. Das erinnert mich an den Tag, als ich Devon zum ersten Mal begegnet bin. Fast spüre ich noch seine Lippen auf meinem Mund. Ich seufze leise. Es hilft nichts. Ich muss da jetzt rauf und mich dem stellen, ob ich will oder nicht. Vielleicht habe ich Glück, und Devon hat schon seinen Platz geräumt.

»Hallo, Süße! Was für ein scheußlicher Morgen.« Jacky sitzt am Empfang und gibt mir ein Zeichen, dass Devon bereits in seinem Büro ist. Mir bleibt heute auch nichts erspart.

»Äh Beth, Devon erwartet dich in seinem Büro.«

Ich nicke ihr zu. Schnell lege ich Tasche, Mantel und Schirm in meinem Zimmer ab, streiche meinen Rock glatt und marschiere den Gang entlang. Ohne anzuklopfen, betrete ich das Büro.

»Devon«, grüße ich ihn kurzatmig, »du wolltest mich sprechen?«

Er nickt, ohne von seiner Unterschriftenmappe aufzublicken, zeigt auf den Besuchersessel vor seinem Schreibtisch. Eigentlich will ich lieber stehen bleiben, doch ich will ihn nicht sofort reizen, daher setze ich mich und warte, bis er Zeit für mich hat.

»Guten Morgen, Beth.« Er schlägt die Mappe zu und blickt mich an.

Pures Eis!

Ich beginne, zu frieren. Niemals hätte ich erwartet, dass sein Blick mich so kalt und herzlos treffen kann.

»Was kann ich für dich tun?« Meine Stimme zittert, und ich ärgere mich, dass meine Gefühle so deutlich zu hören sind.

»Du für mich?«, fragt er und seine Stimme tropft vor Arroganz. »Ich glaube nicht, dass du etwas für mich tun kannst. Ich will dich nur darüber in Kenntnis setzen, dass ich mein Geld aus dem Unternehmen zurückziehe. Ich gebe dir bis zum Monatsende Zeit, den fälligen Betrag zurückzuzahlen, ansonsten geht die gesamte Firma an mich über. Hier sind die Verträge, die du bitte unterschreiben wirst. Falls du dich dagegen entscheidest, bleibt mir nichts anderes übrig, als mein Geld sofort zurückzuverlangen.«

Er schlägt die Mappe auf und legt sie mir vor, den Kugelschreiber legt er direkt dazu.

Seine überhebliche Art macht mich so wütend, dass ich aus der Haut fahren könnte, doch ich zwinge mich, mich zusammenzureißen. Ich werde ihm hier keine Show liefern.

Sorgfältig setze ich meine Unterschrift unter den Vertrag, ohne ihn zu lesen und erhebe mich. »Viele Grüße an deine Frau«, gebe ich ihm noch mit und verlasse sein Büro.

»Jacky, kommst du bitte mit?«

Sie schließt hinter sich die Tür und schaut mich fragend an.

»Wir haben noch siebzehn Tage. Bis dahin muss ich Devon sein Geld zurückzahlen. Mehr als eine Million Dollar. Wir haben also nicht viel Zeit. Hast du mit Curtiz gesprochen?«

Sie nickt. »Ja, aber in einer so kurzen Zeit eine Ausstellung auf die Beine zu stellen, wird schwierig.«

»Wir müssen es schaffen. Eine andere Wahl haben wir nicht. Hast du einen Termin bei der Bank gemacht?«

»Ja, heute um vierzehn Uhr. Ich werde sofort mit Curtiz sprechen, wie schnell wir die Ausstellung organisieren können.«

»Alles klar. Dann werde ich mal die Zahlen für die Bank zusammenstellen.«

Jacky geht auf die Tür zu, dreht sich dann aber noch mal um. »Hat Devon sonst nichts gesagt?«

Ich schüttele den Kopf.

»So ein Blödmann.«

*

Mit zitternden Knien sitze ich dem Bankmenschen gegenüber, der mit hochgezogenen Augenbrauen die Tabellen überfliegt, die ich ihm vorgelegt habe.

»Miss Jenkins, das sind nicht gerade sehr aussagekräftige Zahlen, die Sie mir vorlegen können.«

»Ja, seit dem Tod von Harvey Silver hat das Unternehmen etwas gelitten. Aber wir haben einen Investor und sind auf der Suche nach weiteren.«

»Soviel ich gehört habe, wird ihr einziger Investor sein Darlehen zum Ende des Monats zurückfordern.« Er schaut mich fragend an.

»Mister ...« Ich schaue auf das Namensschild, das auf seinem Tisch steht, »Carlson, ich bin sicher, wir werden einen anderen Investor finden.«

»Und warum benötigen Sie dann ein Darlehen unseres Hauses?«

»Ich bin gerne unabhängig.«

Er schüttelt bedauernd den Kopf. »Miss Jenkins, leider können wir Ihnen ein Darlehen in dieser Größenordnung nicht ohne weitere Sicherheiten gewähren. Es tut mir leid.«

Er reicht mir meine Aufstellungen zurück, die ich zögerlich ergreife und wieder in meine Tasche stopfe. Woher weiß er, das Devon sein Geld zurückfordert?

»Danke für Ihre Zeit, Mister Carlson.« Ich reiche ihm nicht die Hand, sondern mache, dass ich aus der Tür komme. Warum bin ich eigentlich so enttäuscht? Die Chance war wirklich mehr als gering. Ich laufe den Gang entlang, und als sich eine Tür öffnet, weiche ich schnell aus. Meine Züge entgleiten mir, als ich sehe, wem ich gegenüberstehe.

»Devon?« Ich fasse es einfach nicht, und sein Name kommt mir wie von selbst über die Lippen.

»Beth! So sieht man sich wieder. Was machst du hier?« Er spielt den Ahnungslosen, doch ich weiß genau, weshalb er hier ist.

»Was fragst du so dumm. Das weißt du doch längst! Arbeitest du jetzt in einer Bank?«

»Ich sitze hier im Aufsichtsrat.«

Ich wollte, ich könnte ihn mit meinen Blicken in Grund und Boden starren. Als das nicht funktioniert, laufe ich einfach weiter und lasse ihn stehen. Die Frage, woher Mr Carlson wusste, dass Devon sein Geld zurückverlangt, hat sich hiermit erledigt.

»Beth, warte.«

Devon läuft hinter mir her und hält mich am Arm fest, doch ich achte gar nicht auf ihn, laufe einfach weiter, bis er mich zwingt, stehen zu bleiben. Er hat mich überholt und versperrt mir den Weg.

»Verflucht, bleib stehen.«

Ich blicke ihn vernichtend an.

»Warum hast du mit meinem Bruder geschlafen?«

Das fragt er mich hier? Mitten auf dem Gang in der Bank? Ich fasse es einfach nicht.

»Ich habe nicht mit Travis geschlafen.«

»Für mich sah es aber so aus.«

»Dann hast du etwas falsch gedeutet, was du gesehen hast.« Ich knurre fast. Er ist mir so nah, und sein vertrauter Duft steigt mir zu Kopf.

»Dich nackt in einem Bett neben Travis! Was kann man daran falsch deuten?«

»Dir zuzusehen, wie du hinter deiner Frau herläufst? Was kann ich daran falsch deuten? Würdest du mich jetzt bitte loslassen?« Ich blicke auf seine Hand, die meinen Oberarm festhält.

»Es ist nicht immer so, wie es scheint.« Seine Stimme ist leise und beherrscht.

»Wem willst du das erzählen?«

»Du hättest nicht ohne mich abfliegen dürfen.«

»Welche andere Wahl hatte ich denn? Ich bin nicht gerne das fünfte Rad am Wagen! Und ich werde nicht gerne angelogen. Dass du die Firma ruinieren willst und damit auch mich, zeigt doch, was du für mich empfindest.«

»Ich bin weit davon entfernt, dir zu schaden. Ich will deinen Hals retten, bevor das sinkende Schiff untergeht. Und irgendwann wirst du verstehen, dass ich dir nur helfen will.«

Ich schnaufe und reiße meinen Arm los. »Ich kann auf deine Hilfe verzichten. Schönen Tag noch.«

3. Kapitel

Devon

Diese Frau ist so stur. Ich könnte ihr den Hals umdrehen. Dabei liebe ich sie mehr als mein Leben, auch wenn sie mit Trevis geschlafen hat. Ich kenne meinen Bruder, weiß, wozu er fähig ist.

Ich will ihr hinterher, doch mein Smartphone meldet einen Anruf. Verdammt.

»Burnett!«, melde ich mich schlecht gelaunt.

»Curtiz! Danke für die Einladung am Wochenende. Aber ich denke nicht, dass ich kommen kann ... Was? Eine Schmuckausstellung zusätzlich zu den Bildern? Das ist wirklich interessant. Erzähl mir mehr, mein Freund.«

Ich treffe Travis im Büro von DCB Investments. Seine Bürotür steht offen und er telefoniert. Als ich die Tür lautstark schließe, beendet er sofort sein Gespräch.

»Baby, ich rufe dich später zurück.«

Er legt sein Handy zur Seite und schaut mich fragend an. »Was kann ich für dich tun?«

»War das Beth?« Obwohl ich es besser weiß, frage ich. Wie anders soll ich das Thema anschneiden?

»Und wenn es so wäre?«

»Hast du mir ihr geschlafen?« Die Worte bleiben mir fast im Hals stecken. Allein die Vorstellung, dass er mit ihr in einem Bett gelegen hat, bringt mich um den Verstand.

Travis grinst, und ich könnte ihm eine reinhauen. Auch wenn er mein Bruder ist, bringt er mich mal wieder zur Weißglut. »Du kannst dir dein dämliches Grinsen sparen«, knurre ich. »Ich teile nicht. Schon gar nicht die Frau, die ich liebe.«

Travis lacht laut auf und meine Wut wächst. »Du hast eine sehr merkwürdige Art, zu zeigen, dass du jemand liebst. Wie geht es Callie?« Er lehnt sich entspannt zurück.

»Verflucht, lass Callie da raus. Wer hat sie denn angeschleppt? Es war alles gut, so wie es war, bis du dich eingemischt hast.«

»Jenny hat ein Recht darauf, ihre Mutter kennenzulernen. Wie lange wolltest du dich noch als Gott aufspielen? Du hast kein Recht dazu, alles so zu lenken, wie es dir in den Kram passt.« Jetzt funkelt Travis mich ebenfalls wütend an, das passt ja gut.

»Warum hast du das alles eingefädelt? Was bezweckst du damit? Dass ich mich von Beth trenne und die Firma den Bach runtergeht, weil ich mein Geld zurückfordere?« Erst als ich die Worte ausspreche, wird mir klar, dass ich genau so gehandelt habe, wie er es erwartet hat.

»Sie wird uns nicht ruinieren.«

»Das steckt also dahinter? Du spielst ihr was vor, nur des Geldes wegen?« Ich bin außer mir.

»Ich habe ihr gar nichts vorgespielt. Sie ist eine süße Maus und eine Wucht im Bett ...«

Weiter kommt er nicht. Mit einem Satz bin ich bei ihm und ziehe ihn am Kragen auf die Beine. »Wenn du ihr noch einmal zu nahe kommst, vergesse ich, dass wir verwandt sind. Ich hoffe, du hast mich verstanden.« Die

Worte presse ich leise hervor, meine Wut kennt keine Grenzen. Für eine Sekunde sehe ich etwas in Travis Augen aufblitzen, doch dann fängt er sich wieder und grinst. Dieser verfluchte Sack hat nichts anderes zu tun, als mich zu verhöhnen.

»Beth gehört mir und ich werde alles tun, damit sie mir wieder vertraut.«

»So? Dann wünsche ich dir viel Glück. Lasst die Spiele beginnen.«

4. Kapitel

Beth

Ich kann nicht fassen, wie Jacky und Curtiz das so schnell auf die Beine stellen konnten. Wir haben Freitagabend und ich mache mich fertig, weil heute in Curtiz‘ Galerie eine Ausstellung eröffnet wird und wir Gelegenheit bekommen, Schmuckstücke aus der Beth Kollektion mit auszustellen.

Ich wähle ein dunkelrotes Kleid, das gut zu meiner Haarfarbe passt, und in dem ich mich wohlfühle. Nur so werde ich den Abend überstehen. Es hängt so viel davon ab. Jedoch ist es nicht meine Art, um Geld zu betteln.

Ich nehme mir ein Taxi, das mich zur Back Bay bringt, in der Curtiz‘ Galerie liegt.

Wow! Die Leute stehen bis auf dem Bürgersteig an. Es sieht so aus, als würde die Ausstellung gut besucht. Ich bahne mir einen Weg durch die Menge, zeige eine Karte vor, die mich zum Eintritt berechtigt, und werde durchgelassen. Der Securitymann wirft mir einen anerkennenden Blick zu. Ich registriere ihn zwar, doch prallt sein Lächeln an mir ab. Dafür bin ich im Moment nun wirklich nicht in der Stimmung.

Zum Glück sehe ich Jacky, die mich wild zu sich winkt.

»Süße! Endlich bist du da! Du wirst nicht glauben ...«

»Wenn das nicht unsere liebe Beth ist!« Eine hohe männliche Stimme reißt mich aus der Konzentration auf Jacky und warme, weiche Arme umschließen mich. Küsse treffen meine Wangen. Ich bin ziemlich überfordert von so viel Zuneigung.

»Beth, darf ich dir meinen besten Freund Curtiz vorstellen. Wie du selbst feststellen musst, ist er sehr besitzergreifend.« Jacky strahlt mich geradezu an.

Ich werfe einen Blick auf Curtiz und muss lächeln. Er ist eine jüngere Ausgabe von Vivienne Westwood. Schrill scheint mir als Beschreibung etwas untertrieben. Er trägt ein weites Hemd in Orange, darüber eine pinkfarbene Herrenweste. Dazu eine Art Jogginghose und Doc Martens. Doch trotz dieses etwas schrillen Outfits ist sein Lächeln charmant und seine Augen strahlen gütig. Ich mag ihn und kann verstehen, was Jacky an ihm findet.

»Beth ... oh Beth, die Designerin! Ich liebe deine Stücke! Sie sind umwerfend! Was sage ich? Ich finde sie phänomenal. Du bist großartig!«

Er schlingt wieder seine Arme um mich und drückt mich an seine breite Brust. »Ich werde dir die wichtigen Leute vorstellen, damit du einen Gönner findest! Ich habe auch schon den Richtigen im Auge«, flüstert er mir ins Ohr und zwinkert mir gewinnend zu.

»Komm mit. Du entschuldigst uns, Jacky!« Er küsst ihre Wange und zieht mich mit. Unterwegs drückt er mir ein Glas Champagner in die Hand.

»Schau dir diese Bilder an, im Gegensatz zu deinen Schmuckstücken stinken sie richtig ab. Der arme Kerl wird kein einziges Bild verkaufen können, solange deine Werke hier zu sehen sind«, flüstert er mir zu.

O Gott! Sofort habe ich ein schlechtes Gewissen.

»Hier haben wir ihn, den Mann, den ich dir gerne vorstellen will. Er sieht gut aus, ist megaheiß und reich. Privatjetreich - wenn ich das verraten darf. Hallo, Devon, mein Schatz! Darf ich dir Beth, die Designerin vorstellen?«

Mich trifft der Schlag!

»Curtiz!« Devon legt einen Arm um Curtiz, lässt sich sogar von ihm auf beide Wangen küssen, und ich stehe daneben und falle gleich in Ohnmacht.

»Ich glaube, Beth hat sogar schon mit meinem *Privatjet* Bekanntschaft gemacht.«

»WAS? Ihr kennt euch?«

Ich nicke und Devon schaut mich arrogant an. »Ja, man könnte sogar sagen, wir kennen uns sehr gut.« Er trinkt einen Schluck aus seinem Glas, das er in der Hand hält.

Ich hingegen stürze den Champagner in einem hinunter. Das darf doch jetzt nicht wahr sein!

»Gut, wenn ihr euch kennt, dann kann ich euch ein wenig allein lassen, vielleicht hast du ja Lust, dein Geld in Beth‘ Unternehmen zu investieren?« Curtiz grinst Devon vielsagend an und lässt uns allein.

Oh, Curtiz! Da hast du leider auf das falsche Pferd gesetzt.

»Du entschuldigst mich auch.« Ich wende mich ab und will, so schnell es geht, den Raum verlassen, doch ich komme nicht weit.

»Hiergeblieben!« Devon hält mich am Arm fest und drängt mich in eine ruhige Ecke, damit niemand unser Gespräch belauschen kann.

»Was machst du hier? Woher weißt du von dieser Veranstaltung? Stalkst du mich jetzt?« Ich bin wütend. Warum muss dieser Mann immer dann auftauchen, wenn ich es gerade nicht gebrauchen kann.

»Curtiz hat mich eingeladen. Ich glaube, du überschätzt dich ein wenig. Ich habe es nicht nötig, jemand zu stalken. Ich hätte dich ja eher in dem Bett meines Bruders vermutet, als auf dieser Veranstaltung. Oder ist er dich schon wieder leid?«

Ich hole aus, doch Devon hat damit gerechnet und hält meine Hand fest. »Wage es nicht, mich in der Öffentlichkeit zu ohrfeigen! Ansonsten werde ich dich hier vor aller Augen übers Knie legen.«

Entrüstung steht ihm ins Gesicht geschrieben.

»Ich habe nicht mit Travis geschlafen. Wie kannst du nur so etwas von mir denken? Ich weiß, dass was du gesehen hast, sah danach aus, doch nicht immer ist das, was wir sehen, auch das, was wirklich dahintersteckt. Mehr habe ich nicht dazu zu sagen. Denk, was du willst! Ich wundere mich sowieso, dass du hier ohne deine liebe Frau aufgetaucht bist.«

Devon schaut sich um, dann zieht er mich an der Hand zu einer Tür. Er stößt sie auf und führt mich in den dunklen Raum. Es gibt nur eine Notbeleuchtung am Fußboden. Sein Gesicht, meinem so nah, blickt mich unergründlich an.

»Beth, nicht nur ich verstehe einige Dinge falsch«, murmelt er leise. »Ja, sie ist meine Frau, aber wir lassen uns scheiden und Callie ist nur noch in den Staaten, damit sie Jenny besser kennenlernt. Die Hochzeit wurde verschoben, es hat sich nichts geändert.«

Seine Stimme soll mir wohl suggerieren, dass auch zwischen uns alles wieder in Ordnung ist, doch so ist es nicht.

»Nein, Devon! Alles hat sich geändert. Du reißt mir den Boden unter den Füßen weg und behauptest, alles ist in Ordnung? Das ist nicht dein Ernst. Du hältst mich für eine Frau, die wild durch die Gegend vögelt ... sogar mit deinem Bruder! Weißt du was, Devon? Es hat sich alles geändert!«

Ich will an ihn vorbei und greife nach der Türklinke, doch Devon hält mich zurück. Er schaut mich giftig an, und eine Sekunde später liegt sein Mund auf meinen Lippen. Ich versteife mich, auch wenn sein Duft mir für einen Augenblick eine Vertrautheit vermittelt, nach der ich mich so sehr sehne. Doch ich schaffe es, mein Gesicht abzuwenden.

»Beth, ich liebe dich. Daran hat sich nichts geändert, und es wird sich auch nichts ändern. Wir gehören zusammen. Eines Tages wird auch dir das klar werden. Ich will dich so sehr wie nichts anderes auf der Welt. Komm mit zu mir nach Hause.«

»Tut mir leid, Devon! Nicht mehr in diesem Leben.« Ich reiße mich los und verlasse den Raum.

*

Ich mache mich auf die Suche nach Jacky. Sie unterhält sich mit einem Mann in einem dunklen Anzug. Sein Haar ist weiß und sein Gesicht sympathisch. Vielleicht ein potenzieller Investor. Ich weiß es nicht genau, trotzdem störe ich sie in ihrem Gespräch.

»Entschuldigung, Jacky, ich muss dich kurz sprechen.«

Jacky blickt mich an und entschuldigt sich bei ihrem Gegenüber.

»Mein Gott, Süße! Was ist denn los? Du bist ja weiß wie die Wand.«

»Devon ist hier!«

»Was?«

»Ja, und Curtiz hat ihn mir als Investor vorgestellt. Ich kann das nicht fassen.«

»O Gott, ich habe nicht gewusst, dass Curtiz und Devon sich überhaupt kennen.«

»So wie es mir schien, sogar sehr gut. Ich muss hier weg.«

Jacky schüttelt den Kopf. »Das geht nicht, wir veranstalten das hier alles nur, um einen Investor zu finden, du kannst nicht einfach so gehen.«

Mir wird schwarz vor Augen und ich schwanke kurz.

»Was hat Devon getan?«

Langsam schüttele ich den Kopf. »Nichts, er hat gar nichts getan. Aber ich will einfach nur weg. Ich werde mir etwas anderes einfallen lassen.«

»Curtiz hat es bereits geschafft, einige der Stücke an den Mann zu bringen«, versucht Jacky mir die Veranstaltung schmackhaft zu machen.

»Lass ihn lieber die Gemälde verkaufen, darum sind die Menschen hier.«

Jacky sieht nicht gerade glücklich aus und in mir regt sich ein schlechtes Gewissen. Dies alles hier wurde organisiert, um vielleicht einen Investor zu finden, da kann ich doch nicht einfach so gehen. »Okay«, meine ich und atme angespannt aus, »lass uns weitermachen.«

Ich schnappe mir ein weiteres Glas und trinke es aus. Irgendwie muss ich den Abend ja über die Bühne bekommen.

Schräg gegenüber sehe ich Devon vor einem Bild stehen, und schaue ihm dabei zu, wie er den Arm um eine junge Frau legt. Sie schaut zu ihm auf und lacht über das, was Devon zu ihr sagt. Ich würde lügen, wenn ich sage, dass es mir egal ist. Als die Frau sich auch noch an seine Schulter lehnt, reicht es mir.

Ich gehe auf ihn zu, stelle mich daneben. So viel zu seinen Liebesschwüren.

»Es hat sich also nichts geändert?« Ich schaue ihn fragend an, als Jenny mich anlächelt. »Beth, wie schön dich zu sehen.« Sie nimmt mich in die Arme und drückt mir einen Kuss auf die Wange.

Nein, wie konnte ich sie nicht erkennen?

»Jenny? Was machst du hier? Ich habe dich gar nicht erkannt.« Sie trägt ihr Haar hochgesteckt und die Sonnenbräune steht ihr ausgezeichnet. Sie wirkt wesentlich älter, als ich sie in Erinnerung habe, dabei ist es gerade ein paar Tage her.

»Geht es dir gut? Du wirkst so blass.« Sie blickt mich besorgt an.

»Nein, alles in bester Ordnung. Wie geht es dir?«

Sie strahlt mich an und man hat das Gefühl, die Sonne ginge auf. »Wir haben die Hochzeit um einen Monat verschoben. Du wirst doch kommen, oder?«

Ich blicke unsicher zu Devon.

»Du musst dabei sein. Du bist doch meine Freundin. Bitte.«

»Ja, natürlich werde ich zu deiner Hochzeit kommen. Um nichts im Leben will ich das verpassen. Ich muss jetzt leider weiter.« Ich küsse ihre Wange und wende mich ab, ohne Devon eines weiteren Blickes zu würdigen.

5. Kapitel

Devon

»Was ist zwischen euch?« Ich kenne diesen Blick, den Jenny mir zuwirft.

»Nichts. Was sollte denn sein?« Ich spiele den Ahnungslosen, doch meine Tochter kennt mich sehr genau, sie weiß, wenn etwas nicht in Ordnung ist.

»Beth war sehr abweisend zu dir. Habt ihr euch getrennt?« Es liegt irgendwas Drohendes in ihrer Stimme und ich muss mich räuspern. Ich will sie nicht anlügen, doch wenn ich ihr die Wahrheit sage, wird sie sofort versuchen, zwischen Beth und mir zu vermitteln.

»Die Lage ist etwas gespannt«, gebe ich zu.

»Was ist geschehen?«

Oh nein, ich will ihr nicht die Wahrheit sagen.

»Jenny, es ist mein Leben, ich bin erwachsen und komme klar. Du brauchst dir keine Sorgen um mich machen.«

Sie zieht eine Schnute und schaut über meine Schulter an mir vorbei. »Hat es etwas mit Travis zu tun?«

»Wie kommst du denn jetzt darauf?«

»Weil er gerade hereingekommen ist und sie geküsst hat. Auf den Mund, darf ich anmerken.«

Ich drehe mich um und sehe die beiden in der Nähe des Ausgangs stehen. Sie reden miteinander und mir kocht das Blut. Travis in ihrer Nähe zu sehen, lässt alle meine Alarmglocken schrillen.

»Entschuldige mich bitte.« Ich will zu Travis, doch Jenny hält mich zurück. »Dad, lass es. Komm mit zur Bar, wir trinken etwas.«

Sie zieht mich in die entgegengesetzte Richtung und ich verliere die beiden aus den Augen.

»Zwei Cola light bitte«, bestellt Jenny bei dem Barkeeper.

»Was?«

»Keinen Alkohol für dich, Dad.«

Ich verziehe das Gesicht, doch gebe nach. »Ich habe kein Alkoholproblem«, murmele ich leise.

»Darauf habe ich auch nicht angespielt. Doch ich möchte, dass du Beth im Auge behältst. Ich traue meinem lieben Onkel nicht, auch wenn er nur einige Jahre älter als ich ist.« Sie lächelt und trinkt einen Schluck.

»Lass uns wenigstens Hallo sagen.«

Ich habe keine Ahnung, wie es passieren konnte, dass sich meine Gefühle für meinen Bruder derart geändert haben, doch sobald ich ihn in Beth‘ Nähe sehe, könnte ich durchdrehen.

»Na komm, befreien wir Beth aus Travis Fängen.« Jenny lächelt mich aufmunternd an und zwinkert mir zu.

6. Kapitel

Beth

»Wie ich höre, suchst du krampfhaft nach einem Investor. Hat etwa mein Bruder sein Geld zurückgezogen?«

Travis grinsendes Gesicht verhöhnt mich.

»Ich denke, du trägst daran einen großen Anteil.«

»Beth, für was für einen Menschen hältst du mich? Glaubst du wirklich, Devon ist ein Mann, der sich von seinem kleinen Bruder etwas vorschreiben lässt? Da überschätzt du meinen Einfluss gewaltig.«

Er lügt. Ich weiß es und doch tue ich so, als würde ich seinen falschen Worten Glauben schenken.

»Was ist mit dir? Möchtest du nicht mein Partner werden?«, frage ich frei heraus und pieke ihm mit meinem Zeigefinger in die Brust.

»Tut mir leid, ich bin zwar nicht arm, aber verfüge über weit weniger Ressourcen als mein Bruder.«

»Daran liegt es nicht, gib es doch zu. Du glaubst nicht an den Erfolg. Du bist der Meinung, Silver Diamond ist dem Tod geweiht.«

»Ist es nicht so?« Er blickt mich von oben herab an.

»Hallo, Onkel! Schön dich zu sehen!« Jenny küsst Travis auf die Wange.

»Nenn mich nicht so, man könnte denken, ich wäre alt«, brummt er und wischt sich über die Wange.

»Bist du das denn nicht?« Jenny klimpert mit ihren Wimpern.

»Ich bin gerade mal zwölf Jahre älter.«

»Das sind ja Welten«, grinst sie und lacht laut.

»Hallo, Travis!«, begrüßt Devon seinen Bruder blickt ihn aber nicht an, sondern wendet sich mir zu. »Können wir in Ruhe reden? Bitte«, fügt er hinzu und sein Blick ist flehend.

Ich bin unschlüssig.

»Nicht hier. Lass uns woanders hingehen.«

»Ich kann hier jetzt nicht weg.« Ich schaue mich um, in der Hoffnung Jacky zu finden.

»Ich möchte mit dir über das Geschäft reden. Weiter nichts.«

Da dieser Abend schon nicht mehr schlimmer werden kann, stimme ich zu und nicke. »Gut, lass uns gehen.«

»Travis, bringst du bitte Jenny nach Hause. Danke.«

Ohne auf eine Antwort zu warten, drängt Devon mich nach draußen. Er umfasst meine Hand und wir laufen ein Stück die Straße hinauf, ohne zu sprechen. An der Ecke des nächsten Blocks gibt es eine Bar, und Devon schleppt mich dort hinein. Es ist dunkel und relativ leer. Er dirigiert mich in eine schummrige Ecke, wo wir ungestört sind. Ich glaube, alleine hätte ich mich niemals hier hereingetraut. Devon bestellt zwei Bier, die in Flaschen serviert werden. Er trinkt einen großen Schluck, während ich nur kurz meinen Durst lösche.

Devons Blick liegt auf mir, und er schaut mich einen Moment stumm an. In dem Augenblick, als ich zu einer Frage ansetzen will, meint er: »Gib die Firma auf.«

Ich schüttele den Kopf. »Nein, Devon. Ich werde bis zum Ende kämpfen, darüber diskutiere ich nicht.«

»Schatz, dir steht das Wasser bis zum Hals, du hast gar keine andere Wahl.«

»Wer ist denn dafür verantwortlich, dass mir das Wasser bis zum Hals steht, Schatz?«, wiederhole ich seine intime Anrede spöttisch.

Er besitzt wirklich die Frechheit, mich anzugrinsen. »Weiß du, wie sehr ich dich will, wenn du in dieser Stimmung bist.«

Ich schnaube wütend. Wie kann er jetzt so schnell umschalten?

»Devon, deshalb bin ich nicht hier, dass du mir solche Sachen sagst.«

Er streicht mir eine Strähne meines Haares hinter das Ohr. »Nein? Aber ich will dir solche Dinge sagen. Nein, ich will sie nicht nur sagen, ich will es dir zeigen, Beth.«

Für eine Sekunde schließe ich die Augen. Er nutzt diesen Moment sofort und drückt seinen Mund auf meine Lippen. Oh, dieses verdammte vertraute Gefühl. Es wirft mich fast um, und ich bin froh, dass er mich in seine Arme zieht. Seine Hände streicheln meinen Rücken, und ein wohliger Schauer fährt über meinen Körper.

»Beth, ich habe dich so vermisst.« Sein Kuss wird immer drängender. Mit seinem Körper drückt er mich gegen den Tresen, ich spüre seine Erregung und meine Arme legen sich automatisch um seine Hüften, ziehen ihn näher. Das scheint für ihn das Signal, dass er gewonnen hat. Mich, den Hauptpreis. »Komm, lass uns gehen.« Er wirft einen Geldschein auf die Theke und ich folge ihm, als wäre mir der eigene Wille abhandengekommen.

*

In Devons Armen zu liegen, gibt mir das Gefühl, als wäre meine Welt wieder in Ordnung, obwohl ich weiß, dass es nicht so ist. Doch in diesem Augenblick ist es mir egal, ich möchte nur für einen Abend diesen ganzen Irrsinn einfach vergessen können. Sein Körper ist mir so vertraut, als wäre es meiner. Er atmet hastig, ich spüre es an meinem Rücken. Devon hat seine Arme um mich geschlungen, liegt hinter mir und flüstert zärtliche Worte in mein Ohr.

»Ich habe dich so sehr vermisst. Du darfst mich einfach nie wieder verlassen. Hörst du?«

»Ja«, meine ich leise und streichle zärtlich über seine Arme. Ich male die feinen schwarzen Härchen nach, die so männlich wirken.

»Ich ertrage es nicht, wenn wir getrennt sind. Ich möchte dir einen Job in meiner Firma anbieten.«

Einen Augenblick halte ich den Atem an.

»Einen Job?«, frage ich zögerlich. »Was kann das schon sein? Ich bin Designerin, Devon, keine Finanzexpertin.«

Er dreht mich zu sich herum, mustert mich mit seinen wunderschönen grünen Augen. »Aber du hast Verstand, du bist eine intelligente Frau. Du kannst mit Zahlen sehr gut umgehen. Warum solltest du nicht für mich arbeiten?«

»Weil ich Harvey etwas schuldig bin. Ich will sein Erbe erhalten. Das habe ich ihm vor seinem Tod versprochen.«

»Ein Erbe, das er selbst zugrunde gerichtet hat. Du musst einfach loslassen, Beth. Ich werde immer auf deiner Seite stehen, doch ich kann nicht zulassen, dass du dich ruinierst. Was auch passiert, ich werde dich immer auffangen, doch ich kann deinen Wunsch, die Firma weiterzuführen, nicht unterstützen.«

»Dann sollte ich lieber gehen.« Ich will aufstehen, doch Devon hält mich zurück.

»Nein, bleib bei mir, bitte. Lass uns die Firma für eine Nacht vergessen. Morgen werden wir in Ruhe noch einmal darüber reden, welche Möglichkeiten wir haben. Doch heute Nacht sind wir nur Devon und Beth. Zwei Menschen, die sich lieben.«

Er küsst mich und schiebt seinen Körper über meinen. Seine Hitze wärmt nicht nur meine Haut, sondern auch mein Herz. Selbst wenn ich wollte, wäre ich nicht in der Lage, ihn zu verlassen. Ich habe das Gefühl, was auch immer dieser Mann anstellt, ich verzeihe ihm. Doch die Frage ist, ob auch er mir verzeihen kann. Mich in dem Bett seines Bruders vorzufinden, muss ein Schock für ihn gewesen sein.

»Es tut mir leid, Devon.«

»Was, mein Liebling?«

»Dass du mich bei Travis gefunden hast. Ich habe nicht mit ihm geschlafen und ich empfinde auch nichts für ihn, das musst du mir glauben.«

»Schhhhh ... ich glaube dir ja. Mach dir keine Gedanken. Ich kenne meinen kleinen Bruder. Er spielt nicht immer fair. Aber am allerwenigsten möchte ich jetzt über Travis sprechen.«

Seine Hände umfassen mein Gesicht, streicheln meine Wangenknochen und dann küsst er mich, als gäbe es nichts Wichtigeres auf dieser Welt.

Meine Hände streicheln seinen Rücken und ich spüre seine Härte, die er verlangend gegen mich drückt.

»Das machst du mit mir. Ich verliere noch den Verstand, wenn du nicht endlich mir gehörst.«

Seine Gier zaubert mir ein Lächeln auf die Lippen und ich schlinge die Beine um seine Hüften.

Devon richtet sich ein wenig auf, küsst meine Brüste, knabbert an meinen Nippeln, was mir ein warmes Gefühl in meinen Schoß schickt. Ich stöhne lustvoll, denn ich bin äußerst empfänglich für diese Art Reize.

»Gefällt dir das?« Seine Worte kommen zögerlich, als leide er Schmerzen.

»Ja!«, murmele ich, es kommt einem Stöhnen sehr nahe. »Hör bitte nicht auf.«

»Nur, wenn du mich darum bittest.«

»Ich bitte dich um viel mehr. Mehr von diesen wunderbaren Gefühlen.«

»Du bekommst alles, was du dir wünschst.«

Seine Zunge fährt meinen Körper hinunter, küsst dabei jede Windung meiner Haut. Ich bin dazu verurteilt, einfach dazuliegen, und jede Empfindung über mich ergehen zu lassen, denn ich bin nicht in der Lage, mich zu rühren. Seine Dominanz überlagert alles, lähmt mich. Ich kann nur stillliegen und all diese wunderbaren Gefühle aufnehmen. Ein Summen durchfährt meinen Körper, und ohne dass Devon in mich eindringt, komme ich. Einfach nur, weil er meinen Körper stimuliert, erlebe ich einen Orgasmus der Extraklasse. Er lässt mich erzittern, und ein lauter Schrei mit seinem Namen auf meinen Lippen beschert mir den Höhepunkt, den ich so sehr herbeigesehnt habe.

»Genau so will ich dich immer wieder.«

Ich strecke meine Hand aus, streichle sein Gesicht. »Ich brauche dich in mir«, flüstere ich.

Ein Lächeln gleitet über seine Lippen. »Du bekommst alles, was du willst.«

Mit ungeahnter Sanftheit gleitet er in mich hinein. Vorsichtig, als könnte er mir wehtun, doch nichts davon ist je passiert. Er stößt fest, aber behutsam, hält inne, und beobachtet mich dabei. Es muss ihm alles abverlangen, sich so zusammenzureißen.

»Fester«, fordere ich.

»Wirklich?«

»Ja, nimm mich härter. Ich brauche dich so sehr, Devon.«

»Nur, wenn du noch mal mit mir kommst!«

»Ich verspreche es dir.«

Er blickt mich eindringlich an, dann murmelt er: »Ich liebe dich.« Sehr leise, aber ich verstehe jede einzelne Silbe.

»Ich liebe dich auch«, hauche ich, und in diesem Augenblick wird mir klar, was ich für diesen Mann empfinde und was ich zu tun habe.

7. Kapitel

Devon

Ich habe einen einzigen Wunsch in meinem Leben. Dass es zwischen mir und Beth immer so bleibt. Ich will jede Nacht mit ihr erleben, jeden Morgen neben ihr aufwachen. Ich brauche diese Frau wie die Luft zum Atmen. Ohne sie ist mein Leben ein Nichts. Ich werde alles tun, dass sie zu mir zurückkehrt, selbst wenn das heißt, dass ich sie heiraten muss.

Mit Schwung drehe ich mich im Bett um und ... bin allein. Beth ist nicht da. Ich horche, ob ich in der Wohnung Geräusche höre. Als nichts zu hören ist, springe ich aus dem Bett, schlüpfe in meine Pants und laufe die Treppe ins Wohnzimmer hinunter. Doch weder im großen Bad noch in der Küche ist sie zu finden.

Verdammt! Wo ist sie hin?

Vielleicht einkaufen! Mein Kühlschrank gibt nicht viel her, doch daran glaube ich nicht wirklich. Eine unbestimmte Angst überfällt mich und lässt mich zum Handy greifen. Hektisch versuche ich, Beth an das Phone zu bekommen, doch ich lande nur auf der Mailbox.

»Scheiße!«, schreie ich und werfe das Smartphone durch den ganzen Raum. Ich habe Glück, das Gerät fällt zwar auseinander, doch ich kann es einige Minuten später, als sich mein Puls gesenkt hat, wieder zusammensetzen. Das Display hat einen Sprung, was mir allerdings so was von egal ist. Auf eines mehr oder weniger kommt es jetzt auch nicht mehr an.

Mir kommt eine Idee, und ich versuche es auf dem Handy meines Bruders, aber dort springt auch direkt die Mailbox an, dabei ist er immer zu erreichen. Das kann doch nicht wahr sein.

»Ruf mich sofort an, wenn du das abhörst!« Mein Ton ist nicht besonders freundlich, als ich Travis eine Nachricht hinterlasse. Ich werde das Gefühl nicht los, dass hier etwas nicht stimmt.

Schnell dusche ich und ziehe mich an. Dann versuche ich es noch einmal bei Travis und auch bei Beth. Doch ich erreiche niemanden. Kaum habe ich aufgelegt, kommt mir ein Gedanke: Jacky!

*

Mit der Faust klopfe ich laut gegen die grüne Tür, weil niemand mir öffnen will. Als ich erneut ansetzen will, geht sie endlich auf und eine müde Jacky blickt mir entgegen.

»Burnett! Was wollen Sie hier?« Sie lehnt sich gegen den Türrahmen und zieht eine Decke, die sie um die Schultern trägt, enger um ihren Körper.

»Ist sie hier?«, frage ich und denke mir, dass Jacky weiß, wen ich suche.

»Beth?«

»Ja, natürlich, Beth! Wer denn sonst? Sie ist hier! Habe ich recht?« Ich versuche an Jacky vorbei in ihre Wohnung zu schauen, doch sie versperrt mir die Sicht.

»Nein, Burnett! Sie ist nicht hier. Kann ich jetzt weiterschlafen?« Sie verdreht genervt die Augen.

»Jacky, bitte. Ich muss mit Beth sprechen.«

»Was haben Sie denn jetzt schon wieder angestellt, dass sie abgehauen ist?«

»Sie ist weg? Sagen Sie mir wohin! Sie wissen doch etwas.«

Ich höre eine Stimme im Hintergrund, doch es ist ein Mann. Jacky wirft einen Blick zurück in ihre Wohnung. »Ich komme sofort«, flüstert sie, doch ich verstehe jedes Wort.

»Okay, ich störe Sie. Doch ich muss Beth finden. Geben Sie mir einen Tipp, dann sind Sie mich los.« Ich flehe Jacky praktisch an.

»Sie wollte zum Flughafen.«

»Was? Wohin?«

Die Antwort, die ich bekomme, gefällt mir gar nicht.

8. Kapitel

Beth

Ich klopfe laut gegen die Tür, doch niemand öffnet. Er muss doch da sein! Verdammt! Mach endlich die Tür auf!

»Travis!«, rufe ich laut und schlage mit der Faust gegen das Türblatt.

»Was ist denn?«

»Endlich! Du bist ja doch zu Hause.« Ohne, dass er mich auffordert, betrete ich seine Wohnung.

»Hey, ich habe dich nicht hereingebeten.« Travis läuft hinter mir her, die Tür zu seinem Schafzimmer steht auf, und ich sehe eine blonde Frau zwischen den Laken liegen.

»Tut mir leid, Püppchen, aber du musst gehen.« Ich hebe ein Oberteil vom Boden auf und werfe es ihr zu.

»Erlaube mal! Seit wann wirfst *du* Leute aus *meiner* Wohnung?« Travis steht im Türrahmen und stützt seine Hände in die Hüften. Wow, er hat wirklich einen tollen Body, doch der seines Bruders ist wesentlich schöner.

»Zieh dir was an, wir fliegen nach Singapur.«

Er lacht laut auf. »Das ist nicht dein Ernst.« Er schüttelt belustigt den Kopf.

»Wenn du willst, dass dein Bruder sein Geld zurückbekommt, dann fange an zu packen.« Ich funkele ihn wütend an und schaue auf die Frau, die fragend von einem zum anderen schaut.

»Ist das etwa deine Frau?«, fragt sie mit einer quengeligen Stimme.

»Zieh dich an, Mara. Und hau ab.« Travis schnappt sich eine frische Jeans und ein Shirt, das er über den Kopf zieht.

Ich lasse ihn keinen Moment aus den Augen. Ich habe eine Mission, die ich verfolge, und ich muss Travis dazu überreden, mir zu helfen. Als endlich die Tür hinter Mara ins Schloss fällt, folge ich Travis in die Küche, wo er sich einen Kaffee aufbrüht.

»Ich muss erst mal wach werden. Möchtest du vielleicht auch einen Kaffee?«

»Nein, dafür haben wir keine Zeit. Pack deinen Koffer, wir müssen zum Flughafen.«

»Was wollen wir in Singapur?«, fragt er und hört sich müde an, reibt über sein Gesicht, wo sein Bartschatten ein kratzendes Geräusch hinterlässt.

»Dort gibt es jemanden, mit dem ich ins Geschäft kommen will. Du musst mir helfen, damit ein wirklich guter Vertrag dabei herauskommt.«

»Warum fliegst du nicht mit Devon? Wenn ich mich einmische, wird er auf Tausend sein.«

»Das ist mir ziemlich egal. Ich will dich dabei haben, nicht Devon. Also geh duschen, ich packe deinen Koffer.«

»Wer bezahlt das alles?«, fragt er misstrauisch.

»Du natürlich! Wer hat denn Devon die Pistole auf die Brust gesetzt, damit er sein Geld aus meinem Unternehmen zieht?«, meine ich schnippisch und stapfe zurück in sein Schlafzimmer.

»Du hättest ja nicht unbedingt die 1. Klasse buchen müssen. Wir hätten den Firmenjet nehmen sollen«, murmelt Travis und scheint ziemlich sauer. Er nimmt der Stewardess das Glas mit seinem Scotch aus der Hand und reicht mir mein Mineralwasser.

»Du hättest mir nicht deine Kreditkarte überlassen dürfen. Ich habe übrigens Zimmer im Marina Bay Sands gebucht. Zwei Suiten.«

»Was? Das kostet ein Vermögen. Wir können uns eine Suite mit zwei Schlafzimmern teilen, das ist wesentlich günstiger.«

»Was bist du nur für ein Geizkragen, Travis. Vermutlich muss deine Braut bei der Hochzeit ihren Ehering noch selbst mitbringen«, flüstere ich leise. »Und es wird keine gemeinsame Suite geben.«

»Und du bist dir sicher, dass du die Lizenzen verkaufen willst?«

Ich drücke ihm eine Mappe mit Berichten und Zahlen in die Hände. »Schau dir die Unterlagen an, damit du informiert bist. Du bist Finanzwirt, daher werden dir die Auswertungen etwas sagen.«

Ich vertiefe mich in die Bordzeitung und richte mich auf einen langen Flug ein. Einen sehr langen.

*

Ich weiß nicht, wie er es geschafft hat, aber Travis hat tatsächlich aus den zwei Suiten eine mit zwei Schlafzimmern gemacht. Er muss das während des Fluges organisiert haben.

Da meine Kreditkarte immer bis zum Limit ausgereizt ist, füge ich mich. Manchmal muss man eben mit den Wölfen heulen, und Devon ist so weit entfernt, dass er es bestimmt nicht herausbekommen wird. Selbst wenn, es ist ja nicht so, als würden Travis und ich in einem Bett schlafen.

»Ich habe für morgen Früh einen Termin mit Parker Boones vereinbart. Callie ist noch bei Jenny, wir werden also nur mit ihm verhandeln.«

Okay, ich muss nicht extra betonen, dass mir das auch wesentlich lieber ist.

»Was machen wir mit dem angefangenen Abend?«, fragt Travis und schenkt mir dieses Grinsen, das vermutlich jeder anderen Frau sofort das Höschen ausziehen würde.

»Ich habe keine Ahnung, was du machst, ich werde etwas essen gehen und dann ins Bett, ich bin müde.«

»Okay, lass uns gehen.«

Er nimmt meinen Arm und führt mich in den Punjab Grill, ein indisches Restaurant, das zum Hotel gehört. Das Essen ist köstlich, auch wenn ich nicht viel hinunter bekomme. Ich muss meine Gedanken ordnen und mich auf das Treffen am nächsten Morgen vorbereiten.

»Wollen wir noch hoch zur Terrasse, die Aussicht genießen?«, schlägt Travis vor.

Sofort sind meine Gedanken bei Devon, der für uns die ganze Etage gemietet hatte. »Nein, danke, Travis. Das ist keine gute Idee.«

Ich will den Fahrstuhl betreten, doch er hält mich zurück. »Wenn wir schon mal hier sind, können wir uns doch ein wenig vergnügen. Der alte Devon wird sicher nichts dagegen haben.«

»Was kapierst du an dem Wort NEIN nicht? Vier einfache Buchstaben, die eine Ablehnung kundtun. Schlag im Duden nach, wenn du es nicht weißt.«

Er lässt mich los, folgt mir aber in den Fahrstuhl.

»Ich bin hier, weil du es so willst. Ich werde dir helfen, du könntest also ruhig freundlicher sein.«

Einlenkend drücke ich den Knopf für die erste Etage. »Gut, lass uns etwas zusammen trinken.« Ein wenig Freundlichkeit bin ich ihm schuldig, und obwohl ich sehr müde bin, gebe ich nach. Die Bar ist voll und hier wird Travis bestimmt eine Frau finden, die ihm seine Zeit vertreibt.

»Was möchtest du trinken?«

»Ein Wasser. Ich möchte keinen Alkohol.«

Travis nickt und bestellt bei der Barkeeperin ein Wasser und einen Scotch. Er zwinkert ihr zu und erreicht genau das, was er beabsichtigt hat - ihre Aufmerksamkeit.

»Und schon ein Opfer gefunden?«, frage ich. Es soll ein Witz sein, doch Travis verdreht die Augen.

»Komm, lass uns tanzen. Ich muss mich bewegen«, meint er und seine Laune scheint immer schlechter zu werden. Er nimmt meine Hand und führt mich zur Tanzfläche. Er zieht mich an seine breite Brust. »Warum tust du das für Devon? Ich meine, du hast so hart um deine Firma gekämpft und plötzlich gibst du alles auf?«

Seine Stimme ganz nah an meinem Ohr hört sich sanft an. Ich schaue ihm in die Augen und er blickt mich fragend an.

»Ich will, dass Devon heil aus dieser Geschichte herauskommt. Ich habe ihn nicht gebeten, mir zu helfen, dein Bruder hat es aus freien Stücken getan, und mir gefällt der Gedanken nicht, dass ich ihm etwas schuldig bin.«

»Du weißt, dass Devon dich liebt. Was auch immer ich für ein Theater veranstalte, er ist auf deiner Seite.

So habe ich ihn noch nie erlebt. Du bist wirklich etwas ganz Besonderes für ihn.«

Wir wiegen uns langsam zur Musik hin und her, doch ich nehme sie kaum wahr. Travis‘ Körper ist viel zu präsent und ich glaube, zu tanzen, ist keine so gute Idee. Plötzlich bleibt er stehen und schaut mich eindringlich an.

»Ich wünschte, ich wäre an seiner Stelle.«

9. Kapitel

Travis

Beth ist anzusehen, dass meine Äußerung sie schockt. Ihre Reaktion ist eindeutig. Sie verkrampft sich und hält inne. Schaut mich böse an.

»Das hast du jetzt nicht gesagt! Warum machst du das? Du hasst mich, also erzähl mir nicht so einen Scheiß!«

Sie ist wirklich fuchsteufelswild.

»Du hast mich gebeten, dich zu begleiten. Das muss doch einen Grund haben.« Ich versuche in ihrem Gesicht zu lesen, doch werde aus dieser Frau einfach nicht schlau.

»Ich habe dich darum gebeten, weil ich das Beste für Silver Diamond herausholen will. Wie kommst du auf den Gedanken, dass mehr dahinter steckt? Ich habe dir nie einen Grund dafür geliefert.«

Ich fahre mir nervös durch die Haare. »Vielleicht will ich immer das haben, was mein Bruder hat«, meine ich kleinlaut.

»Dann werde endlich erwachsen und baue dir selbst etwas auf.« Sie windet sich aus meinen Armen und läuft davon.

Na klasse, Travis!

Das habe ich mal wieder prima hinbekommen. Ich lasse die Getränke auf unsere Zimmernummer schreiben und eile ihr hinterher.

Die Zimmertür fällt gerade ins Schloss, als ich aus dem Fahrstuhl trete und mit wenigen großen Schritten bin ich da, öffne die Tür und stürme ins Zimmer.

Erschrocken dreht sich Beth zu mir um.

»Travis, das ist wirklich keine gute Idee ...«, beginnt sie und will mich auf Abstand halten, doch ich schere mich nicht darum, ziehe sie an meinen Körper und drücke meinen Mund auf ihre Lippen.

Ihr Mund ist weich, ihre Lippen sinnlich und sie schmeckt wie Champagner mit Erdbeeren. Vielleicht liegt es daran, dass ich diese Frau so gerne in meinem Bett will, vielleicht liegt es aber auch daran, dass ich ihren Widerwillen spüre. Es dauert einen Augenblick, bis mir klar wird, dass dieser Kuss nichts bewegt. Beth hält still, rührt sich keinen Millimeter, lässt diesen Kuss einfach über sich ergehen. Verwehrt mir den Zugang meiner Zunge in ihren Mund. Ich hebe meinen Kopf und schaue ihr in die Augen.

»Ich liebe deinen Bruder und daran wird sich nichts ändern. Es tut mir leid, Travis.«

Warum hat dieser Mistkerl eigentlich so ein Glück? Was hat er an sich, dass Frauen ihm seine Macken immer wieder verzeihen.

»Mein Bruder ist wirklich ein Glückspilz. Das Schlimme daran ist, dass ihm gar nicht bewusst ist, was für ein Glück er hat.«

Beth‘ Blick wird sanft. »Es tut mir leid, Travis. Ich bin wirklich die Falsche für dich.« Sie streichelt sanft meinen Arm und geht in Richtung ihres Schlafzimmers.

Ich lasse sie gehen, denn ich weiß, wann ich verloren habe. Hier hatte ich nie den Hauch einer Chance. »Hey, Beth!«, rufe ich ihr nach, »aber das Handyfoto war verdammt scharf.« Ich zwinkere ihr zu und lasse sie gehen.

10. Kapitel

Beth

Müde lasse ich mich auf mein Bett fallen. Ich fasse es einfach nicht. Was auch immer Travis hier versucht, ich werde nicht auf sein Spiel eingehen. Ich kann nur hoffen, dass Boones morgen mein Angebot akzeptieren wird. Wenn nicht, werde ich die Firma aufgeben müssen, ob es mir gefällt oder nicht.

Ich vermisse Devon und habe keine Ahnung, wie er darauf reagieren wird, dass ich ohne ihn nach Singapur gereist bin und das Geschäft abschließen will. Als er für mich vermitteln wollte, habe ich das Geschäft partout abgelehnt. Er wird es mit Sicherheit nicht gut aufnehmen, aber möglicherweise wird Devon es nicht erfahren. Na ja, die Chance geht gegen null, denn sobald das Geld auf seinem Konto gutgeschrieben wird, fliege ich auf.

Am Morgen dusche ich lange, um meine müden Glieder zu lockern. Ich muss meinen Kopf klar bekommen. Der Schlaf hat mir nicht die erhoffte Erholung gebracht, doch ich darf mich nicht hängen lassen. Es geht um viel - nein, es geht um alles für mich.

Ich trage ein geblümtes Kleid, das eng an meinem Körper anliegt, und mein kastanienrotes Haar gut zur Geltung bringt. Sobald ich in meine Schuhe geschlüpft bin und meine Handtasche in den Händen halte, klopft es an meiner Zimmertür.

»Hi, Travis.« Ich begrüße ihn mit einem Wangenkuss, nachdem ich die Tür geöffnete habe, um ihm zu zeigen, dass zwischen uns alles in Ordnung ist. Ich bin harmoniebedürftig und kann nicht damit leben, Travis etwas nachzutragen.

»Wie hast du geschlafen?«, fragt er neugierig und ich gebe zu, dass es eine kurze Nacht war.

»Wir packen das«, macht er mir Mut und nimmt meinen Arm.

Zum Restaurant ist es nicht weit und Parker Boones erwartet uns. Er ist immer pünktlich, dieser Mann hat ein gutes Timing.

»Beth, ich muss zugeben, ich bin überrascht, aber auch entzückt, Sie so bald wiederzusehen.«

Parker Boones nimmt mich in den Arm und drückt mir zwei Küsse auf die Wangen. Irgendwie mag ich diesen Mann. Vielleicht ist es doch keine so schlechte Idee, ihn mit ins Boot zu holen.

»Travis! Ich freue mich, dich nach langer Zeit endlich mal wiederzusehen. Wo ist Devon?«

»Parker, schön dich zu sehen. Devon? Er jagt wieder einem guten Geschäft hinterher«, meint Travis und schaut mich warnend an.

Wir ordern das Frühstück, und ich bin froh über die Tasse Kaffee, die mir gereicht wird.

»Sie haben es sich also anders überlegt?«, fragt Parker neugierig und trinkt einen Schluck von seiner Tasse. Stellt diese dann sorgfältig auf der Untertasse ab.

»Sie wissen, dass Devon eine Menge Geld in mein Unternehmen gesteckt hat. Ich bin nicht gerne abhängig, daher suche ich nach einem Weg, um mit meinen Designs das Geschäft anzukurbeln.«

Parker nickt zustimmend. »Uns gefallen Ihre Entwürfe, das wissen Sie, Beth. Wir haben den Vertrag ein wenig verifiziert.« Er reicht mir eine Mappe, in der ich einen neuen Vertragsentwurf finde. Neugierig gehe ich alle Paragrafen durch. Nachdem ich alles genau durchgelesen habe, klappe ich die Mappe zu und lege sie vor mir auf den Tisch.

»Sie wollen also die Fertigung der Beth-Line in den USA belassen?«, frage ich überrascht, nachdem ich das Gelesene eine Sekunde habe sacken lassen.

»Ja, für die Ware, die in Ihren Shops in den USA verkauft wird. Übersee wird hier in Singapur produziert und vertrieben. Sie bekommen einen Vorschuss für die Lizenzen und liefern zweimal im Jahr neue Designs. Ebenso bekommen Sie einen Anteil an unseren Verkäufen. Ich denke, das ist ein fairer Deal. Wir treffen uns auf halbem Weg, Beth. Es ist das Beste, was ich Ihnen anbieten kann.«

Ich nicke nachdenklich.

»Das ist ein guter Deal«, flüstert Travis mir zu. »Mehr habe ich nicht für dich herausschlagen können.«

Verblüfft schaue ich ihn an. »Parker und ich haben heute Nacht bereits einige Vorverhandlungen geführt.« Er grinst und köpft sein Frühstücksei.

»Sie bekommen genug Geld, um Devon das Darlehen zurückzuzahlen.« Parker blickt mich mit hochgezogenen Augenbrauen an.

»Überweisen Sie Devon seinen Anteil«, meine ich und lächele. Dann öffne ich die Mappe, unterschreibe den Vertrag mit dem Kugelschreiber, den Travis mir freundlicherweise reicht, und gebe die Unterlagen Parker zurück.

»Beth, das ruft nach einem Glas Champagner!« Parker ordert drei Gläser und wir stoßen an.

Obwohl ich das erreicht habe, was ich wollte, ist mir nicht richtig wohl in meiner Haut.

»Haben Sie uns neue Entwürfe mitgebracht?« Parker scheint über diesen neuen Geschäftsabschluss ganz aufgeregt zu sein.

Ich hole meinen Laptop hervor, rufe die neusten Entwürfe auf. »Es sind bisher nur Entwürfe, die Reinzeichnungen erhalten Sie in wenigen Wochen.«

»Perfekt!«, meint Parker und hebt sein Glas an die Lippen.

»Ja, so ist unsere Beth! Immer perfekt in allen Dingen, die sie anpackt.«

Die Stimme lässt es mir eiskalt den Rücken hinunterlaufen.

»Devon! Was machst du hier?« Travis ist aufgesprungen, und sein Blick wandert erschrocken zwischen seinem Bruder und mir hin und her.

»Bro!« Devon berührt Travis an der Schulter und schaut ihm intensiv in die Augen, dann wendet er sich Parker zu. »Mein Freund! Schön dich wiederzusehen.« Die Männer umarmen sich. Zum Schluss wirft er mir einen Blick zu, der kälter nicht sein könnte. »Beth, schön dich zu sehen.« Sein Blick sagt etwas ganz anderes.

»Darf ich euch Sandy vorstellen. Eine Freundin.«

Ich schließe für eine Sekunde die Augen. Das kann nicht sein.

Sandy?

Ehrlich! Er hat die Frechheit hier mit dieser Frau aufzutauchen und sie als seine Freundin vorzustellen, nachdem wir vor nicht mal drei Tagen miteinander geschlafen haben! Ich brauche dringend Luft, weiß aber nicht, wie ich mich aus dieser Situation befreien kann. Ich greife nach dem Champagnerglas und trinke es in einem Zug aus.

»Hallo allerseits!«, ruft Sandy in die Runde, und Devon rückt ihr einen Stuhl zurecht.

Sandy - die Stewardess! Die Frau, die ihn so unverblümt angemacht hat, obwohl ihr klar war, dass Devon und ich ein Paar waren.

Ich bin so geschockt, dass ich Devons Blick meide. Ich schaue verstohlen zu Travis, der mich genauso entgeistert anblickt.

»Ihr redet über das Geschäft?« Devon schaut Parker fragend an.

»Ja, wir haben gerade einen sehr lukrativen Deal abgeschlossen«, mische ich mich in das Gespräch ein.

»Darling, ich hätte gerne auch ein Glas Champagner«, quengelt Sandy. Ich habe keine Ahnung, wie Devon diese Frau ertragen kann.

»Noch jemand?«, fragt Devon. Alle anderen lehnen ab. Er ordert zwei Gläser und schaut mich weiterhin fragend an. »Darf ich erfahren, was das für ein Deal ist?«

Ich schüttele lächelnd den Kopf. »Tut mir leid. Das Geld ist bereits auf dem Weg zu deinem Konto. Weitaus früher, als die Frist abläuft. Du wolltest aussteigen und damit bist du raus. Alles Weitere geht dich nichts mehr an.« Ich lächele zuckersüß. Wenn er spielen will - ich spiele gerne mit.

»So, du behältst also die Firma?«, fragt er überrascht.

»Ja, etwas anderes kommt für mich nicht infrage.«

»Was für eine Firma ist das denn?« Sandy greift nach dem Champagnerglas, das der Kellner ihr reicht, und trinkt einen Schluck.

»Modeschmuck«, erklärt Devon ihr knapp. Aus seinem Mund hört es sich an, als würde ich Klobürsten verkaufen.

»Ach so«, ist ihr Kommentar und Sandy greift desinteressiert zur Speisekarte.

»Ich würde sagen, wir sind hier durch«, meint Travis und greift nach meiner Hand. »Komm Schatz, ich will dir ein wenig von der Stadt zeigen.« Er grinst mich an und zwinkert. »Und dann haben wir doch noch etwas vor.«

Wir verabschieden uns von Parker. Devon und Sandy nicken wir nur knapp zu. Als wir das Lokal verlassen, legt Travis seine Hand auf meine Hüften und küsst mich zärtlich auf mein Ohr.

Ich kann erst wieder atmen, als wir draußen auf der Straße stehen.

»Danke, Travis«, murmele ich leise und schaue beschämt zu Boden.

»Ich fasse es nicht, dass er mit dieser Tussi hier auftaucht. Spinnt Devon jetzt vollkommen?« Er ist ziemlich außer sich, doch ich fühle mich absolut gedemütigt.

»Sandy ist Stewardess ...«, versucht Travis mir zu erklären, doch ich hebe die Hand, um ihm zu unterbrechen.

»Ich weiß, ich kenne sie. Sandy ist eine falsche Schlange. Wenn Devon meint, dass sie ihm mehr geben kann als ich, dann soll es so sein. Ich werde ihm nicht nachlaufen.«

Travis greift nach meiner Hand. »Komm mit. Lass uns ein wenig entspannen.«

11. Kapitel

Devon

Beth so vertraut mit Travis zu erleben, bringt mich um. Ich bin froh, Sandy an meiner Seite zu haben. Das macht mich nicht zum kompletten Idioten. Ich habe keine Ahnung, wie Travis es angestellt hat, mir mein Mädchen wegzuschnappen, aber ich werde ihn dafür büßen lassen. Allerdings sah Beth nicht gerade sehr glücklich aus, als sie mich sah. Vielleicht lag es daran, dass sie nun doch einen Vertrag mit Parker abschließen musste. Zumindest habe ich mein Geld wieder.

»Schatz, ich bin so glücklich, dass du mich eingeladen hast, mit dir ein paar Tage hier in Singapur zu verbringen. Hier zu leben gibt einem ein ganz neues Lebensgefühl. Ich bin so froh, dass ich mir hier eine Wohnung gesucht habe und nicht in die USA zurückgekehrt bin. Aber warum willst du nicht bei mir wohnen, sondern in diesem Hotel?« Sandy trinkt bereits ihr drittes Glas Champagner und geht mir schon jetzt auf die Nerven. Sie ist sexy und hat einen tollen Körper, aber das ist nicht das, wonach ich suche. Im Grunde meines Herzens schreit alles nach einer anderen Frau. Es ruft ganz laut nach Beth, die jetzt wahrscheinlich in den Armen meines Bruders liegt.

Ich werde ihn aus der Firma werfen. Er hat sich schon viel geleistet, sich aber an meiner Frau zu vergreifen, das ist das Allerletzte.

Ich winke dem Kellner und bezahle die Rechnung. Parker hat sich schon vor einer halben Stunde von uns verabschiedet. »Komm, lass uns gehen.«

»Ich habe aber noch nicht ausgetrunken«, jammert Sandy.

»Das ist mir scheißegal!« Ich nehme ihre Hand und ziehe sie von dem Stuhl hoch. Mit kleinen Schritten stolpert sie mir hinterher.

Mich interessiert rasend, was Beth für einen Deal mit Parker eingegangen ist, doch auch er hat dicht gehalten und nichts über den Vertrag verlauten lassen. Was ich ihm nicht verdenken kann, denn Parker ist ein loyaler Geschäftsmann.

Ich begehe den Fehler, Sandy mit in meine Suite zu nehmen, denn kaum sind wir dort allein, raubt sie mir den letzten Nerv.

Sie lässt ihre Hüllen fallen und setzt sich nackt auf meinen Schoß, dabei habe ich zu arbeiten.

»Sandy, dafür habe ich jetzt keine Zeit. Nimm ein Bad, oder geh in den Spa-Bereich«, biete ich ihr an.

»Aber Devon! Du musst nicht immer arbeiten. Du solltest dich entspannen und ich denke, das kannst du am besten mit mir.«

Sie bewegt sich aufreißend und streckt mir ihren blanken Busen entgegen. Dann greift sie nach meinen Händen und legt sie auf ihre Brüste. »Fühlt sich das nicht gut an?«, fragt sie leise, schließt ihre Augen und legt den Kopf in den Nacken, ihr blondes Haar streift ihre nackten Schultern. Ihr Stöhnen sollte mich scharfmachen. Tut es aber nicht. Keine Ahnung, warum ich sie angerufen habe, damit sie mich am Flughafen abholt. Sie ist eine schöne junge Frau, aber ich kann nur an Beth denken.

»Ich habe mich so gefreut, als du mich angerufen hast, Devon. Hast du mich vermisst?«

Ich muss schlucken, weil ich ihr unmöglich die Wahrheit sagen kann.

»Ich wollte nur sichergehen, dass es dir gut geht, nachdem ich dir eine neue Arbeit besorgt habe.«

»Du meinst, nachdem du mich gefeuert hast. Wegen dieser ... Frau. Ist sie jetzt mit deinem Bruder liiert?« Ihre Frage trifft mich mitten ins Herz. Mit einer schnellen Bewegung hebe ich sie von meinem Schoß und stehe auf.

»Es ist besser, du ziehst dich wieder an, Sandy.« Ich laufe unruhig im Zimmer umher, kann ihre Anwesenheit kaum noch ertragen.

»Willst du denn nicht mit mir schlafen? Ich dachte, deshalb hättest du mich angerufen.« Sie sitzt auf der Couch und fährt mit den Fingern über ihre Hüfte, spreizt die Beine. »Du willst diese Einladung wirklich ablehnen?«

Vor meinen Augen sehe ich nur kastanienrotes Haar und Beth' helle Haut.

»Verdammt! Zieh dich endlich an und verschwinde.« Ich habe meine Stimme erhoben und sehe, wie Sandy zusammenzuckt. Fast ängstlich springt sie auf und schnappt sich ihr Kleid.

»Du bist ein riesen Arschloch, weißt du das, Devon? Wage es nicht noch mal, mich anzurufen! Ich dumme Kuh habe gedacht, du willst mir wieder einen Job anbieten.«

Ich sehe Tränen in ihren Augen, als sie ihre Sachen zusammensucht.

»Es tut mir leid, Sandy«, murmele ich leise, ziehe meine Brieftasche aus meiner Jacke und halte ihr ein paar Geldscheine hin.

»Die kannst du behalten«, meint sie, nachdem sie einige Sekunden in Versuchung war, nach den Scheinen zu greifen. Ich sehe es ihrem Blick an. Sie macht auf dem Absatz kehrt und verlässt meine Suite.

Ja, Sandy hat recht! Ich bin ein Arschloch!

Mit großen Schritten laufe ich zur Minibar, reiße die Tür auf und nehme die erste Flasche, die nach Alkohol aussieht, heraus.

12. Kapitel

Beth

Ich schwebe. Zumindest kommt es mir so vor. Ich treibe fast reglos auf dem Wasser des Infinitypools des Hotels hoch über den Dächern von Singapur. Bewege nur träge meine Beine, damit ich nicht untergehe. Mein Kopf ist leer und trotzdem habe ich das Gefühl, als würde er jeden Moment platzen.

»Hey, schöne Frau. So in Gedanken?«

»Travis. Du hast mich erschreckt.« Er schwimmt neben mir her und bringt mich aus dem Gleichgewicht.

»Sorry, das wollte ich nicht. Was ist los? Du solltest ein Lächeln auf deinem Gesicht tragen, doch stattdessen siehst du aus, als würde gleich die Welt untergehen.«

Er versucht, mich aufzuheitern, aber im Augenblick gibt es nichts, was das bewerkstelligen könnte.

Ich schwimme zum Beckenrand und Travis folgt mir. »Weißt du, ich hatte wirklich geglaubt, Devon und ich bekommen das hin. Ich dachte, ihm ist an einer Frau gelegen, die unabhängig von ihm ist. Aber anscheinend habe ich mich gewaltig getäuscht. Ich hatte die Vorstellung von einem schönen Leben mit Devon an meiner Seite; einem Mann, dem ich meine Liebe schenken kann. Doch es ist unfair jemandem seine Liebe aufzudrängen, der sie nicht haben will.«

»Ich höre die Sehnsucht in deiner Stimme nach einem Ort, an dem du noch nie gewesen bist«, murmelt

Travis und streicht mir einen Wassertropfen von der Wange. Möglicherweise ist es auch eine Träne, da bin ich mir nicht mehr ganz sicher.

Ich seufze. »Ich habe einige Arbeitsplätze gerettet. Besitze eine Firma, für die es sich zu kämpfen lohnt, es könnte mir wirklich schlechter gehen. Ich habe keinen Grund zu jammern«, gebe ich leichten Herzens zu.

»Ja, man könnte es schlimmer treffen«, meint Travis und nickt. »Zum Beispiel, sich in einen Mann verlieben, der deine Liebe einfach nicht verdient hat. Schade, dass ich es nicht sein kann. Aber ich habe begriffen, dass ich keine Chance habe, Liebes. Du bist die richtige Frau für Devon, nur dieser Idiot weiß es einfach nicht.«

Ich blicke ihn skeptisch an. »Du warst am allerwenigsten damit einverstanden, dass aus Devon und mir ein Paar wird.«

»Ja, und das beweist, dass ich ein noch größerer Idiot als mein Bruder bin.«

Travis beugt sich vor und küsst meine Lippen. Es ist ein zarter kleiner Kuss. Ein Kuss, der beruhigen soll. Ich wünsche mir, es würde etwas in mir hervorrufen, doch da ist nichts. Travis ist ein gut aussehender Kerl, und viele Frauen hier am Pool beneiden mich wahrscheinlich, doch man kann keine Liebe pflanzen, wo sie nicht gedeihen will. Ich berühre seine Wange und wende meinen Mund ab. »Danke, Travis. Danke, für deine Hilfe. Ohne dich hätte ich das hier nicht geschafft. Irgendwann werde ich es wieder gut machen, auch wenn ich im Augenblick nicht weiß wie.«

»Nun, ich hätte da schon einige Ideen.« Er zwinkert mir zu und ich lache, weil ich weiß, dass seine Antwort nicht ernst gemeint ist.

»Du bist eine tolle Frau Elizabeth Jenkins, lass dir nur nichts anderes einreden. Von niemandem. Und diese Sandy kann dir einfach nicht das Wasser reichen.«

Waren das nicht auch mal Devons Worte?

»Wir sollten nach Hause fliegen. Was meinst du?«, frage ich Travis, und er nickt.

»Ja, das sollten wir. Aber diesmal werden wir nicht meine Kreditkarte benutzen. Ich kümmere mich um den Rückflug. Lass uns in einer Stunde noch etwas essen. Ich hole dich in der Suite ab, bis dahin habe ich noch etwas zu erledigen.«

13. Kapitel

Travis

Es muss doch mit dem Teufel zugehen, wenn ich meinem Bruder nicht Verstand einhauchen kann; zur Not mit Prügeln. Mir ist klar, dass er im gleichen Hotel abgestiegen ist, und es dauert ganze fünf Minuten, bis ich seine Zimmernummer aus der netten Empfangsdame herausgeflirtet habe.

Janice ist ihr Name, und ich bereue es, nicht alleine hier zu sein. Sie sieht klasse aus. Ihre mandelförmigen, fast schwarzen Augen strahlen mich an, als wäre ich der einzige Mann auf diesem Planeten.

»Wann haben Sie Feierabend, Janice?«, frage ich neugierig, obwohl mir klar ist, dass ich in wenigen Stunden Singapur wieder verlassen werde. Aber vielleicht bekomme ich wenigstens ihre Handynummer.

»Um neunzehn Uhr. Allerdings dürfen wir uns nicht mit den Gästen treffen«, wispert sie mit ihrer zarten Stimme und schlägt die Augen nieder.

»Nun, dann würde ich mal sagen, machen Sie bitte die Rechnung fertig, ich checke aus.«

Sie schaut mich überrascht an, und bei ihrem Blick bekomme ich eine Erektion. Das kann doch nicht wahr sein. Als sie ihr langes, schwarzes Haar über ihre Schultern wirft, weht ein exotischer Duft zu mir herüber, was mein Blut in die unteren Regionen meines Körpers stürzen lässt.

»Meinen Sie das jetzt ernst, Mister Burnett?«, fragt sie ein wenig bestürzt.

In diesem Augenblick schießt mir eine Idee durch den Kopf, die sich darin festsetzt und zu einem genialen Plan entwickelt. »Wenn das die einzige Möglichkeit ist, damit Sie heute Abend mit mir ausgehen, werde ich wohl ausziehen müssen.« Ich reiche ihr meine Kreditkarte, um die Suite zu bezahlen. Da es die Karte von DCB Investment ist, bezahlt im Grunde genommen Devon diese Rechnung, doch er wird mir noch dankbar dafür sein.

Sie hält mir das Lesegerät hin, auf dem ich mit einem elektronischen Stift unterschreiben muss.

»Ich hoffe, Sie waren mit allem zufrieden, Mister Burnett.« Ihre Stimme ist einfach zu süß. Genau wie ihre gebräunte Haut, die sich vermutlich wie Samt anfühlt. Zu gerne würde ich sie berühren. »Ich werde Punkt neunzehn Uhr am Ausgang auf Sie warten, Janice.« Ich halte ihr meine Hand hin, die sie kurz darauf ergreift. Ich habe recht, sie fühlt sich wie Samt an, und ich muss mich zusammenreißen, damit ich nicht in meiner Hose komme. Doch bevor ich mich weiter auf Janice einlassen kann, muss ich meinen Bruder suchen.

*

Ich klopfe an der Tür, doch erst beim zweiten Mal wird sie mir geöffnet.

»Was willst du hier? Bist du nicht bei Beth?«

Devon schaut mich an, als hätte ich ihm sein schönstes Spielzeug gestohlen.

»Ich weiß nicht, was du von mir willst? Du bist doch mit dieser Sandy hier aufgetaucht, also tue nicht so, als würde dir Beth auch nur im Entferntesten etwas bedeuten«, gebe ich gelassen zurück, betrete die Suite und lasse mich auf dem Sofa nieder. Mein Blick geht durch den Raum, doch von Sandy ist nichts zu sehen.

»Sie ist nicht hier«, meint Devon, der meinen Blick bemerkt hat.

»Wo ist sie?«

»Ich habe Sandy weggeschickt. Ich konnte sie nicht mehr ertragen.«

»So, wie du Beth nicht mehr ertragen kannst? So wie du alle Frauen nach einigen Wochen nicht mehr ertragen kannst?« Ich will ihn provozieren. Mein Ton ist herablassend und blasiert, nur so komme ich an ihn heran. Dafür kenne ich meinen Bruder einfach zu gut.

»Du hast überhaupt keine Ahnung, wovon du da sprichst.«

»Hast du etwa wieder getrunken?«, frage ich ihn.

Devon steht unschlüssig im Zimmer und starrt mich an wie ein wütender Stier.

»Nein, verflucht! Ich habe nichts getrunken. Ich hätte es beinah getan, aber etwas hat mich zurückgehalten.«

»Was denn?«, frage ich neugierig und erhebe mich, sehe eine kleine Flasche Bourbon auf dem Tisch stehen.

»Sie hat mich zurückgehalten. Beth' Gesicht, das ich ständig vor mir sehe, das mich davon abhält, wieder mit dem Trinken zu beginnen.«

»Na, umso besser. Dann ist mehr für mich da.« Ich öffne die Flasche und kippe sie in einem hinunter.

»Übrigens eine klasse Idee, Sandy mit zu dem Treffen zu bringen, wenn Beth dir so viel bedeutet, dass sie dich sogar vom Trinken abhält.« Ich klatsche ihm Beifall.

»Du solltest vorsichtig sein, mit dem, was du sagst.« Devons Ton ist gefährlich leise, doch ich treibe es noch weiter.

»Wieso. Je mehr du dich als Arschloch aufführst, umso mehr spielst du mir in die Hände. Sie hat wirklich eine tolle Haut und diese kleinen Seufzer, die Beth ausstößt, wenn sie schläft, einfach unglaublich. Da kann man sich ja nur in sie versenken wollen.«

»Du Arschloch!«

Mit einem Satz ist Devon bei mir und will mir einen Kinnhaken versetzen, doch ich bin schneller, weil ich den Angriff erwartet habe. Ich weiche aus, jedoch bekommt Devon mich zu packen, reißt mich auf den Boden.

»Du hast mit ihr geschlafen? Du bist so ein Wichser! Du weißt, was Beth mir bedeutet. Du bist es nicht wert, auch nur in ihre Nähe zu kommen«, schreit er und seine Faust trifft nun doch mein Kinn.

»Aua! Verdammt, du Blödmann! Lass mich los!« Ich versuche mich von ihm zu befreien, doch Devon hat mich im Griff.

»Du weißt, dass ich sie liebe«, brüllt er völlig außer Kontrolle und schlägt mir gegen den Brustkorb, setzt sich über meine Beine. Ich komme mir vor, als wären wir wieder zehn Jahre alt.

»Natürlich weiß ich, dass du Beth liebst. Deshalb habe ich ja auch nicht mit ihr geschlafen!«, rufe ich und blocke gleichzeitig seine Fäuste ab.

Er braucht einige Sekunden, bis er kapiert, was ich gesagt habe.

»Hast du nicht?«, fragt er ungläubig und hält mit seinen Schlägen inne.

»Hey, Bro! Wir haben uns geschworen, dass keine Frau uns trennen wird. Ich weiß mittlerweile, was Beth dir bedeutet, aber viel wichtiger ist doch, was du Beth bedeutest, oder nicht?«

Devon erhebt sich und reicht mir die Hand, damit ich aufstehen kann. Er hat einen verdammt harten Schlag und mein Kinn fühlt sich an, als würde die Haut dort anschwellen.

»Was bedeute ich ihr denn?«, fragt er leise.

»Du hast dich wirklich wie ein Blödmann aufgeführt, als du Sandy angeschleppt hast. Das hat Beth ganz schön tief getroffen. Du wirst dein ganzes Können beweisen müssen, damit diese wunderbare Frau dir verzeiht. Verdammt, was hast du mit meinem Kinn angestellt?«

Ich laufe zum Spiegel und sehe, dass sich langsam ein dunkler Fleck bildet. »Mensch, ich habe später noch eine Verabredung. Wie sehe ich denn jetzt aus?«

Devon schaut mich schuldbewusst an und läuft ins Schlafzimmer, kommt wenige Sekunden später wieder. Er reicht mir ein nasses Tuch. »Hier, kühl die Stelle.«

»Danke. Was hast du jetzt vor? Wie willst du Beth davon überzeugen, dass du ihr Mann bist?«

»Meinst du, ich habe noch eine Chance bei ihr?« Devon ist ziemlich unsicher, eine Eigenschaft, die ich bisher nicht bei ihm kennenlernen durfte.

»Sie liebt dich, doch ist der Meinung, dass du jetzt mit Sandy was am Laufen hast. Du musst sie überzeugen, dass es nicht so ist. Dass andere Frauen in deinem Leben keine Rolle mehr spielen. Sie wird dir nicht glauben, doch du darfst nicht aufgeben.«

»Weißt du eigentlich, dass du mich erst in diese Lage gebracht hast? Du wolltest, dass ich mein Geld aus ihrem Betrieb ziehe.« Sein Ton ist anklagend, doch er hat recht.

»Ja, ich weiß. Wie hätte ich wissen sollen, das Beth auf Parkers Angebot eingeht?«

»Jetzt geht uns ein gutes Geschäft durch die Lappen, denn Beth‘ Designs sind wunderbar, sie werden den Betrieb retten.«

Ich nicke zustimmend. »Vielleicht sollten wir Dorian Brown ins Spiel bringen?«

14. Kapitel

Beth

Das letzte Abendessen hier in Singapur. Nun bin ich zum zweiten Mal hier und habe wieder nichts von der Stadt gesehen. Vielleicht schaffe ich es beim nächsten Besuch, wenn es wieder mal einen Termin mit meinem neuen Geschäftspartner Parker Boones gibt.

»Wir müssen uns ein wenig beeilen, Beth. Um neunzehn Uhr geht unser Flieger«, offenbart mir Travis und ich gerate in Panik.

»Das ist in zwei Stunden, dann müssen wir doch eigentlich los. Was ist mit deinem Kinn passiert?«, frage ich und lege die Speisekarte wieder auf den Tisch.

»Für eine Kleinigkeit haben wir noch Zeit.«

Travis bestellt eine Suppe und Brot für uns, übergeht meine zweite Frage. Ich esse hastig, weil ich auf keinen Fall den Flieger verpassen will.

»Hast du es eilig?«, fragt mich Travis und blickt zu Tür.

Ich will hier weg, weil ich Angst habe, Devon über den Weg zu laufen, auch wenn das Areal der drei Hotelkomplexe riesig ist.

»Nein«, meine ich gelassen und schüttele den Kopf. »Ich möchte nur nach Hause, damit ich mit der Arbeit weitermachen kann.«

»Du würdest wirklich gut zu Devon passen. Er kennt auch nur seine Arbeit.« Er isst in Ruhe seine Suppe auf und bezahlt dann die Rechnung.

Ich seufze erleichtert auf, endlich können wir los und ich werde Tausende von Meilen zwischen Devon und mich bringen. Ein Taxi bringt uns zum Flughafen. Pünktlich um achtzehn Uhr dreißig treffen wir dort ein und ich mache Travis Beine, damit der Flieger nicht ohne uns abhebt. Ich laufe Richtung Abflughalle, doch Travis hält mich auf.

»Warte, Beth! Wir müssen hier entlang.« Er nimmt meine Hand und führt mich in die entgegengesetzte Richtung. »Wo wollen wir denn hin?«, frage ich atemlos, doch Travis gibt mir keine Antwort, sondern zerrt mich zur Passkontrolle. Nachdem wir durch sind, laufen wir auf das Rollfeld, abseits der großen Maschinen. Dann sehe ich ihn. Devons Firmenjet.

»Nein, Travis. Wir können ihn nicht einfach nehmen. Devon wird dich killen.«

»Hat er schon«, murmelt er und zieht mich die Gangway hoch. Er nimmt mir den kleinen Koffer ab und reicht ihn David, dem Steward.

»Miss Jenkins, schön Sie wieder an Bord begrüßen zu dürfen.«

»Hallo, David. Lieben Dank.« Ich lächele ihm zu und werde von Travis in den Sitz gedrückt. Dabei kommt er mir so nah, dass ich den dunklen Fleck im Gesicht richtig wahrnehme.

»Jetzt erzähl mir endlich, was ist mit deinem Kinn passiert?«, frage ich erschrocken, und als Travis mich nur anblickt und nichts sagt, frage ich leise: »War er das?«

Travis lächelt mich milde an. Dann drückt er mir einen Kuss auf die Lippen. »Warte einen Augenblick, dann geht es los.«

Ich sitze mit dem Rücken zur Tür, höre aber, wie er die Treppe der Gangway hinunterläuft. Wo will er denn hin? Hat er etwas vergessen? Als ich höre, dass David die Tür schließt, fällt mir auf, dass Travis gar kein Gepäck dabei hatte. Will er mich alleine nach Hause schicken? Dafür brauche ich doch den Jet nicht, ich hätte auch einen Linienflug nehmen können.

Der Jet setzt sich in Bewegung, und ich lege schnell den Gurt an. Wir rollen langsam zur Startbahn und David kommt zu mir, um zu kontrollieren, ob ich auch angeschnallt bin.

»Alles okay«, meint er und nickt. Dann blickt er über meinen Kopf: »Sie müssen sich auch anschnallen, Mister Burnett, sonst können wir nicht starten.«

»Kein Problem, ich sitze schon.«

Er setzt sich mir gegenüber und ich blicke Devon an.

*

Ich will hier raus! Gibt es einen Notknopf, den man drücken kann, damit der Jet anhält, während er die Startbahn entlang rast?

Langsam aber sicher gerate ich in Panik. Meine Hände umklammern die Armlehne und ich versuche, mich auf meine Atmung zu konzentrieren. Ich brauche jemanden, an den ich mich klammern kann, doch Devon ist nicht diese Person.

Ein Blick in seine Augen und er löst den Gurt, setzt sich neben mich und schnallt sich wieder an - wenige Sekunden, bevor wir abheben. Ohne zu fragen, greift er nach meiner Hand und drückt sie. »Es ist alles in Ordnung. Wir sind gleich oben.«

»Wären wir nur schon wieder unten«, murmele ich.

Ich versuche, seine Berührung zu ignorieren, doch das fällt mir schwer. Ich rechne ihm hoch an, dass er keine Bemühungen startet, sondern einfach nur meine Hand hält, weil er weiß, dass ich Angst habe. Doch selbst, als wir unsere Flughöhe erreicht haben und das Anschnallzeichen erlischt, lässt er meine Hand nicht los. Ich ertrage es nicht länger.

»Du entschuldigst mich.« Ich erhebe mich und gehe zur Toilette, der einzige Ort, an dem ich vor Devon sicher bin.

Natürlich kann ich hier nicht bis zur unserer Landung verbringen, doch ich will auch nicht wieder hinaus. Ich wasche meine Hände, das kühle Wasser tut mir gut, und mein Herz schlägt langsam wieder in einem normalen Rhythmus. Devon so unverhofft hier zu treffen, wirft mich völlig aus der Bahn. Ich weiß nicht, was ich mir vorgestellt habe, ob und wann ich ihn wiedersehe, doch so schnell, jetzt hier in diesem Augenblick, habe ich nicht damit gerechnet.

»Miss Jenkins! Ist alles in Ordnung?« Das ist David. Hat er ihn geschickt?

»Ja.«

»Ich habe das Abendessen serviert.«

»Ich komme sofort.«

Mir bleibt nichts anderes übrig. Ich entriegele die Tür und begebe mich auf meinen Platz. Devon hat seinen Platz getauscht und sitzt mir nun wieder gegenüber.

»Möchten Sie ein Glas Wein zum Essen?«, fragt mich David.

»Eigentlich habe ich schon mit Travis gegessen«, meine ich überlegend, ich könnte einen Schluck gebrauchen, doch dann denke ich an Devon und nehme eine Cola. Der Zucker wird mir guttun.

Devon bestellt ein Wasser, und das Essen duftet himmlisch. Ich probiere von dem Tafelspitz in Meerrettichsoße und plötzlich bekomme ich doch Hunger.

»Ist es gut?« Devon weißt mit seinem Kinn auf meinen Teller.

»Ja, sehr gut sogar.« Das ist wohl seine Art von unverfänglicher Konversation.

Wir essen schweigend, und die Atmosphäre wird immer unerträglicher.

»Verdammt, ich kann das einfach nicht.« Ich werfe mein Besteck auf den Teller, dass es nur so klappert.

Ich höre David die Kabine betreten, doch Devon hebt die Hand und hält ihn auf. »Es ist alles gut. Vielen Dank, David.«

Devon legt sein Besteck zur Seite und schaut mich herausfordernd an. »Was kannst du nicht?«

»Das hier, zwischen uns. So tun, als wäre alles in bester Ordnung. Ich hätte einen Linienflug nehmen sollen.«

»Das war Travis Plan.«

»Ja, das denke ich mir. Warum hat er mich reingelegt? Aber das hätte ich mir denken können. Wartet Sandy im Fond auf dich?« Ich hasse mich selbst. Meine Frage hört sich an, als würde es mir etwas ausmachen. Und verflucht, es macht mir etwas aus. Ich werde noch lange brauchen, um über Devon hinwegzukommen. Vielleicht werde ich es nie.

Devon steht auf und greift nach meiner Hand. »Komm mit.«

Mit enormer Kraft zieht er mich Richtung Schlafraum. Ich will mich wehren, doch er lässt es nicht zu. »Komm mit«, knurrt er und diesen Ton kenne ich. Es ist besser, ich gebe nach. Er stößt die Tür auf und betritt mit mir den Raum. Er ist leer.

»Sandy ist kein Thema mehr für mich. Und sie sollte auch keines zwischen uns sein. Ich habe genauso oft mit ihr geschlafen, wie du mit Travis.«

»Ich habe nicht mit Travis geschlafen.«

Er blickt mich an und nickt. »Ich weiß.«

Dann macht es bei mir klick. »Devon, es ist egal, wie du zu Sandy stehst. Es geht mich nichts an.«

Devon kommt näher, und ich weiche zurück. Doch der Raum ist klein und nach wenigen Schritten hält mich die Wand auf. »Du siehst müde aus. Leg dich hin und ruh dich aus.«

»Nein, Devon. Ich könnte doch keine Ruhe finden. Ich werde etwas an meinen Entwürfen arbeiten.«

Ich sehe in seinem Blick, dass er protestieren will, doch ich will auch nicht nachgeben.

»Gut«, meint er und öffnet die Tür, damit ich den Raum verlassen kann. Er folgt mir nicht.

Ich arbeite an meinem Laptop, doch ich kann mich einfach nicht konzentrieren. Zu wissen, dass Devon sich nur einen Raum weiter befindet, stört meine Konzentration erheblich. Ich bekomme kaum Luft, mir ist heiß. Für einen Moment schließe ich die Augen.

*

Ich schwebe. Schon wieder. Diesmal spüre ich, wie mich starke Arme tragen. Einen Moment bin ich verwirrt, dann höre ich die Motoren und weiß wieder, wo ich mich befinde. Mit wem, dazu brauche ich einen

Augenblick länger. Ich öffne meine Augen und starre in Devons Gesicht.

»Du bist eingeschlafen, und der Sessel ist nicht wirklich bequem.«

Ich brumme etwas, was ich selbst nicht verstehe, dann lege ich meinen Arm um Devons Hals. Es ist ein vertrautes Gefühl, ihm so nah zu sein. Er riecht so gut und lässt mich keinen Moment aus den Augen.

»Es ist mitten in der Nacht. Lass uns ein wenig schlafen«, murmelt er und schließt hinter uns die Tür des Schlafraums. Er legt sich mit mir auf das Bett, zieht eine Decke über unsere Körper.

»Devon, ich kann nicht.«

»Pssst. Keinen Ton.«

Ich liege in seinem Arm und der andere Arm liegt auf meinem Bauch. Er zieht beruhigende Kreise mit den Fingern, dabei sollte ich eher beunruhigt sein.

»Willst du mir von dem Abschluss erzählen?«, fragte er und sein Atem kitzelt an meinem Ohr.

»Parker belässt die Produktion für die Artikel, die wir in den Staaten vertreiben, bei uns. Ich bekomme eine Vergütung für die Designvorlagen und für jeden verkauften Artikel.«

»Das ist ein sehr guter Abschluss«, stimmt Devon zu.

»Travis gebührt der Lohn. Er hat das im Vorfeld schon alles mit Parker besprochen. Ich brauchte nur noch unterschreiben.«

»Und warum hast du nicht mich gebeten, dich zu begleiten?« Ich höre eine Empfindsamkeit in seinen Worten. Vermutlich habe ich ihn mehr verletzt, als ich gedacht habe.

»Ich wollte dir dein Geld wiedergeben ... ohne deine Hilfe. Meine Idee war, dass, wenn du dein Geld wieder hast, wir noch einmal ganz von vorne anfangen können. Erinnerst du dich noch an unseren ersten Kuss?«, frage ich und drehe mich in seinen Armen um, damit ich ihm ins Gesicht blicken kann.

Er lächelt. »Ja, du warst nass wie eine Katze. Der Hagel hatte uns überrascht und ich habe dich in einen Hauseingang gedrängt.«

»Du hast mich geküsst, ohne mich zu kennen.«

»Nein, ich kannte dich. Ich habe dich in dem Augenblick erkannt, als ich in deine wunderschönen Augen blickte. Mir war sofort klar, dass du die Frau bist, die mir mehr als alles andere auf dieser Welt bedeutet.« Er streichelt über meinen Rücken und das Gefühl ist so schön. Es gaukelt mir vor, dass alles wieder in Ordnung wäre und für eine kurze Zeit möchte ich glauben, dass es auch so ist.

Seine grünen Augen lassen mich keinen Moment unbeobachtet. »Ich liebe dich, Beth, das musst du mir glauben. Ich will dich so sehr. Ich will, dass du meine Frau wirst. Ich weiß, es gab eine Menge Missverständnisse zwischen uns, an denen Travis nicht ganz unschuldig ist, doch meine Gefühle für dich sind immer noch die Gleichen.«

»Du kannst mich nicht heiraten, weil du noch mit Callie verheiratet bist.«

Er lächelte mich an und schüttelt den Kopf. »Du irrst dich. Die Scheidung ist rechtskräftig. Ab heute bin ich ein freier Mann.«

15. Kapitel

Devon

Ich sehe Tränen in ihren Augen schimmern, doch ich weiß, das Beth mir ganz nah ist.

»Nicht weinen, mein Liebling.« Ich beuge mich hinunter und küsse ihren Mund. Diese vollen, roten Lippen, die immer ein wenig nach Erdbeeren schmecken. Kaum berühre ich sie, schmiegt sie ihren Körper ganz dicht an meinen. Ich spüre ihre Zustimmung, und in diesem Augenblick bin ich sicher, dass alles wieder gut wird. Ich habe sie zurück. Diese Frau gehört mir, und ich werde sie nie wieder gehen lassen.

»Ich liebe dich, Devon. Verdammt, ich liebe dich und egal, was du anstellst, ich bin nicht in der Lage, dir lange böse zu sein.«

»Darauf habe ich gehofft«, meine ich und grinse. Meine Finger öffnen geschickt die Knöpfe an ihrer Bluse und ich ziehe sie ihr aus. Es folgt ihre Hose, ich streife sie von ihren schlanken Beinen. Danach ziehe ich mich schnell aus. Ich muss ihre Haut auf meiner spüren, sonst verliere ich den Verstand.

Sie öffnet ihren BH und lässt ihn achtlos zu Boden fallen. Als sie nur noch mit ihrem String vor mir liegt, muss ich meine Atmung unter Kontrolle bringen, sonst ist die Vorstellung hier schneller vorbei als gedacht.

Ich kniee vor ihr und Beth schiebt den String an ihren Beinen hinunter. Um nichts in der Welt möchte ich diese Show verpassen.

»Ich gehöre ganz dir«, murmelte sie und ihre Augen sind dabei halb geschlossen.

»Für immer«, ergänze ich ihren Satz und lege mich zu ihr. Mit dem Mund fahre ich an ihrem Oberkörper entlang. Genieße den Duft ihrer zarten Haut, lecke ihre Brustwarzen, die sich mir sofort entgegenrecken und nach mehr gieren. Beth stöhnt leise auf, verlangt nach mehr, ohne es sagen zu müssen. Ich kenne ihren Körper genau.

»Fester«, flüstert sie und ich tue ihr den Gefallen.

Ihre Hände erkunden mein Sixpack, schlingen sich um meine Hüften, ziehen mich dicht zu ihr heran.

»Nimm mich. Ich will es so sehr und kann es kaum erwarten«, wimmert sie, und diese Macht, die ich über sie habe, lässt mich laut knurren. Diese animalische Anziehung zwischen uns ist nicht normal, und sie bestärkt mich immer wieder darin, das Beth die Frau ist, auf die ich ein Leben lang gewartet habe.

Ich spreize ihre Beine, lege mich dazwischen und positioniere mich vor ihren Schamlippen. Ich schiebe einen Finger in ihre Nässe und spüre, dass sie bereit ist.

»Du bist alles, was ich je begehrt habe«, meine ich liebevoll und stimuliere ihre Klit.

»Gott! Devon, das fühlt sich so gut an!« Sie wirft den Kopf hin und her, als könne sie es kaum ertragen und ihr rotes Haar breitet sich auf dem Kopfkissen aus.

»Warte nur ab. Es wird gleich noch besser.«

Ich rutsche ein wenig hoch, dringe in sie ein, und das Gefühl ihrer Enge raubt mir den Atem. Ich muss einen Moment innehalten, sonst komme ich auf der Stelle.

»Was ist los?«, fragt sie unsicher, und ich muss sie anlächeln.

»Nichts, mein Schatz! Du bist nur immer wieder so überwältigend, dass ich diesen Augenblick auskosten will«, beruhige ich sie.

Sie lächelt und umschließt meine Schultern mit ihren Armen.

Ganz langsam beginne ich, mich in ihr zu bewegen. Es dauert nicht lange, dann stecke ich bis zur Wurzel in ihr und ich muss die Zähne zusammenbeißen, denn der Höhepunkt kündigt sich mit einem Kribbeln in meiner Wirbelsäule bereits an.

»Oh, Baby! Du haust mich wirklich um. Ich werde es nicht lange durchhalten können«, stöhne ich auf. Mir schießt der Schweiß auf die Stirn, weil die Anstrengung, mich zurückzuhalten, mich fast umbringt.

»Halte dich nicht zurück. Lass dich gehen.« Sie schlingt ihre Beine um meine Hüften und der Druck, den Beth damit ausübt, bringt mir den höchsten Genuss. Ich springe über die Klippe und rufe ihren Namen. Fest pumpe ich in sie hinein, spüre, dass auch Beth kommt. Ein Zittern erfasst ihren Körper, das auf meinen übergeht.

»Devon!«, ruft sie wie eine Ertrinkende und schlingt ihre Hände um meinen Körper, als könne nur ich sie retten.

Sie lacht leise.

»Was ist so komisch?«, frage ich ein wenig irritiert und streiche ihr das verschwitzte Haar aus dem Gesicht.

»Ich bin so froh, dass die Motoren so laut sind. Der Gedanke, dass David hört, wie du meinen Namen rufst, beunruhigt mich doch etwas.«

Ihr steigt die Röte ins Gesicht, und obwohl die Kabinenbeleuchtung gedimmt ist, sehe ich ihre Wangen glühen und liebe diesen Anblick.

»Er ist ein Mann. Glaub mir, er weiß, was hier vor sich geht.«

»Oh Gott, ist mir das peinlich«, stöhnt sie leise, doch ich lache laut auf. Ich liebe Beth, wenn sie verlegen ist. Nein, ich liebe sie immer.

Ich greife nach ihrer Hand, an der die beiden Ringe stecken, die sie designt hat, und ziehe den größeren von ihrem Finger.

»Ich glaube, der gehört mir, wenn ich mich nicht irre.«

Sie schenkt mir eines ihrer tiefen Lachen. »Nein, diesmal irrst du dich nicht.«

16. Kapitel

Beth

Jacky steht im Türrahmen und schaut mich überrascht an. »Du bist also wieder da?«

»Ja«, bestätige ich. »Und ich habe gute Neuigkeiten.«

»Ich auch«, erklärt sie mit einer hochgezogenen Augenbraue. »Devon ist bei mir aufgetaucht. Keine Ahnung, woher er weiß, wo ich wohne, aber er war auf der Suche nach dir.«

»Er hat mich gefunden.«

»Ich frage erst gar nicht weiter. Du strahlst so sehr, dass klar ist, wie die Geschichte ausgegangen ist.«

»Ja, ich strahle, weil ich es geschafft habe einen Partner ins Boot zu holen.«

In der nächsten halben Stunde erstatte ich Jacky Bericht, wie es mit Silver Diamond weitergeht, und wir informieren einige Angestellte der Belegschaft, dass die Arbeitsplätze erst einmal sicher sind. Diese Nachrichten verbreiten sich wie ein Lauffeuer, und die Stimmung ist im ganzen Büro zu spüren.

»Du hast übrigens gleich einen Termin mit einem Investor«, informiert mich Jacky. »Er hat sich gemeldet, als du in Singapur warst. Er war auf der Ausstellung und ganz begeistert von deiner Kollektion. Du solltest dir sein Angebot zumindest einmal anhören.«

»Okay, nein sagen, können wir immer noch. Wie ist denn sein Name?«

»Dorian Brown.«

»Dorian Brown?«, frage ich überrascht nach.

»Ja, kennst du ihn?«

»Nein, aber irgendwie kommt mir das Spanisch vor«, meine ich zu Jacky, die sich auf den Weg macht, das Meeting vorzubereiten. »Spanisch? Dann würde er aber Garcia heißen.«

*

Ich warte bereits im Meetingraum auf Mr Brown, und als er endlich erscheint, bin ich nicht überrascht.

»Mister Brown. Ich freue mich, Sie kennenzulernen.«

»Miss Jenkins, die Freude ist ganz auf meiner Seite. Leider sind wir uns bei der Ausstellung nicht persönlich vorgestellt worden, aber ich muss Ihnen mein Lob ausdrücken. Ihre Exponate haben es mir wirklich angetan.«

»So, haben sie das?«

Er ist jung. Jünger als ich vermutet habe. Vielleicht Mitte zwanzig.

»Was kann ich für Sie tun, Mister Brown?«, frage ich freundlich und beobachte sein Mienenspiel.

»Ich würde gerne in ihr Unternehmen investieren.«

»Warum sollte ich das wollen?«

Mit dieser Antwort hat er nicht gerechnet und kommt leicht ins Trudeln.

»Nun, bei der Ausstellung hieß es, dass Sie einen Partner suchen.«

»Ja, das stimmt. Doch den habe ich mittlerweile gefunden.«

»Wie wäre es mit einem zweiten Partner? Wir investieren in ihr Unternehmen, Sie expandieren.« Er lächelt mich gewinnend an. Seine sorgfältig geschnittenen blonden Haare liegen korrekt, genau wie der Knoten seiner Krawatte.

»Wir? Dann sprechen Sie also nicht nur für sich, Mister Brown?«

Er rudert mit den Händen, weil er nicht genau weiß, was er antworten soll.

»Wie viel möchten Sie denn in mein Unternehmen investieren?«

»Nun«, er wartet einen Augenblick ab und nickt dann, als würde er mit einer unsichtbaren Person sprechen.

»Wie wäre es mit ...«

»Nein«, unterbreche ich ihn, »lassen Sie mich raten. Fünfhunderttausend Dollar. Liege ich da ungefähr richtig?«

Er schaut mich erstaunt an und nickt. »Ja, sogar genau richtig.«

»Das dachte ich mir. Was halten Sie von der Idee, wenn Sie Ihrem Auftraggeber sagen, dass ich an einer Partnerschaft nur im Privatbereich interessiert bin.«

»Wie meinen Sie das, Miss Jenkins?«

Ich stehe auf und gehe um den Tisch herum. Lehne mich an die Tischplatte neben seinem Stuhl.

»Los, rufen Sie Devon schon an.«

Bevor er sein Handy aus der Tasche ziehen kann, öffnete sich die Tür und Devon kommt ins Zimmer.

»Beth! Oh, du bist in einer Besprechung!« Er kommt auf mich zu und küsst mich auf den Mund.

»Du brauchst nicht so scheinheilig tun. Dorian Brown? DB? Devon Burnett! Also etwas mehr Einfallsreichtum hätte ich dir schon zugetraut.« Ich stemme die Hände in die Hüften und schüttele unwillig den Kopf.

»Soll man nicht immer so nah wie möglich an der Wahrheit bleiben?«, fragt Devon und zieht mich in seine Arme. »Übrigens, Spencer, Sie können gehen. Das war wirklich eine miserable Vorstellung. Sie müssen noch viel lernen.«

»Sehr wohl, Mister Burnett«, meint der vermeintliche Mr Brown und verlässt mit schnellen Schritten den Raum.

»Der arme Kerl hat sich fast vor Angst in die Hosen gemacht. Du hast an der Tür gelauscht«, meine ich und schaue Devon tadelnd an. »Was sollte das?«

»Wie bist du so schnell dahinter gekommen?«, fragt Devon zwischen zwei Küssen.

»Der Name hat mich stutzig gemacht, aber die fünfhunderttausend Dollar waren die Bestätigung. Warum willst du unbedingt in meine Firma investieren, nachdem du endlich dein Darlehen wiederbekommen hast?«

Devon lässt mich los und wandert mit den Händen in den Taschen durch den Raum.

»Das war gar nicht meine Idee. Travis findet, es wäre eine gute Investition.«

»Jetzt auf einmal?« Ich kann es nicht ganz glauben.

»Ich habe immer an dich geglaubt, Beth. Und jetzt, wo auch Travis ...«

»Hör auf, deinen Bruder als Alibi zu benutzen. Was steckt wirklich dahinter?«

Er dreht sich grinsend zu mir um. »Ich arbeite gerne mit dir zusammen. Nachdem du nicht für mich arbeiten willst, werde ich bei dir einsteigen, damit wir uns ein Büro teilen können.«

Ich winke ab. »Das kommt gar nicht infrage. Ich bin froh, wieder mein eigener Herr zu sein. Deinen

Schreibtisch habe ich bereits aus meinem Büro entfernen lassen.«

»Was? Das werde ich sofort wieder rückgängig machen. Ich finde, wir sind ein tolles Team.«

Er kommt auf mich zu und schließt mich in die Arme. »Und wenn du nicht nachgibst, dann werde ich Bernice zu Hilfe holen. Ich bin mir sicher, Sie würde nur zu gern mit mir zusammenarbeiten.«

Der Gedanke an meine Buchhalterin, die Devon aus der Hand frisst, lässt mich laut auflachen. »Bernice geht in ein paar Jahren in Rente. Ich denke, so lange werde ich dich dann wohl ertragen müssen. Aber sobald Bernice weg ist, werde ich dich auch entlassen.«

»Das werden wir ja dann sehen«, murmelt er an meinen Lippen und küsst mich innig.

Wir werden durch ein Klopfen an der Tür unterbrochen. Jacky erscheint im Türrahmen und wirft Devon einen verliebten Blick zu. »Ich soll Sie von Travis daran erinnern, dass er am Flughafen auf Sie beide wartet.« Dann macht sie auf dem Absatz kehrt, nicht ohne Devon noch ein Lächeln zuzuwerfen.

»Noch ein Mitglied im Devon-Fanclub. So wie es aussieht, kann ich dir unmöglich erlauben, hier zu arbeiten. Du bringst mir ja alle Frauen um den Verstand.«

»Das interessiert mich aber nicht. Mir ist nur eine wichtig und die bringt mich um den Verstand. Und genau das liebe ich so an ihr.«

17. Kapitel

Travis

Nur mit Mühe und Not erreiche ich um neunzehn Uhr zehn das Hotel. Mist, ich bin zehn Minuten zu spät. Dabei wollte ich unbedingt pünktlich sein.

Ich laufe zur Rezeption, doch von Janice ist keine Spur zu sehen. Ich frage nach ihr, doch bekomme zur Antwort, dass sie schon Feierabend gemacht hat.

Mist! Mist! Mist!

Ich gehe zurück auf die Straße, doch hier wimmelt es nur so von schwarzhaarigen Frauen. Doch die interessieren mich alle nicht. Ich will Janice.

»Ich hätte nicht gedacht, dass sie noch auftauchen, Mister Burnett.«

Allein diese Stimme lässt mich fast auf die Knie fallen.

»Janice! Ich hatte schon Angst, Sie hätten ohne mich Feierabend gemacht.«

»Ach woher! Ich wusste doch, dass Sie eine Schlafgelegenheit für heute Nacht brauchen.« Ihre Augen funkeln mich regelrecht an, und mir bleibt für eine Sekunde die Spucke weg. War das jetzt ein eindeutiges Angebot?

»Ich ... ähm ... also, ich weiß jetzt nicht genau, was ich sagen soll.«

»Ich kann Ihnen ein günstiges Zimmer besorgen«, legt sie nach und wirft ihre Handtasche über ihre Schulter.

Bei dieser Bewegung weht wieder dieser exotische Duft zu mir herüber, und ich will nur noch eines, sie in meinen Armen halten und küssen.

»Was halten Sie davon, wenn wir erst einmal etwas essen gehen und dann in Ruhe über dieses Zimmer sprechen?«, meine ich ein wenig atemlos, weil diese Frau mir jeden Sauerstoff klaut.

»Ich weiß nicht recht, ob ich Ihnen trauen kann«, meint sie mit einem charmanten Augenaufschlag.

Ich berühre sanft ihre Schulter und ziehe sie an meine Brust. »Ich bin sehr vertrauenswürdig, Janice. Die Frage ist doch eher, ob Sie sich selbst trauen können«, flüstere ich ihr ins Ohr, und das Lächeln, welches sie mir schenkt, brennt sich in mein Gehirn.

»Ich vertraue immer auf meine Menschenkenntnis«, verrät sie mir.

»Und was sagt Ihnen Ihre Menschenkenntnis?«

»Dass dieses Schlafzimmer, dass ich Ihnen für heute Nacht anbieten kann, zufällig in meiner Wohnung liegt.«

*

5 Tage später

Laut lachend betreten Devon und Beth den Flieger und reichen David ihr Gepäck.

»Willst du mir jetzt endlich verraten, wohin wir fliegen?«, will Beth wissen und hält überrascht inne, als sie mich erblickt.

»Hallo Travis! Sag du mir, wohin die Reise geht.«

Devon schüttelt den Kopf, doch ich spiele den Spaßverderber. »Wir fliegen nach Las Vegas.«

»Mensch, Bro! Du hättest Beth auch noch ein paar Stunden im Ungewissen lassen können. Wie immer musst du alles verderben.« Devon schüttelt enttäuscht den Kopf.

»Was wollen wir in Las Vegas?«

»Jenny und Blaine werden am Wochenende endlich heiraten und ich dachte, wenn wir schon mal dort sind, werden wir bestimmt auch etwas finden, womit wir unsere Zeit verbringen können.« Devon verschlingt seine Hände mit Beth' und ihre Ringe klirren leise.

»Bitte nicht noch eine Hochzeit!«, flehe ich die beiden an, doch Devons Grinsen lässt keine Fragen offen.

»Darf ich euch übrigens meine Begleitung vorstellen. Das ist Janice aus Singapur. Habt ihr schon mal über eine Filiale in Fernost nachgedacht?«

Danke

Ich habe vielen Menschen zu danken, die mir geholfen haben, dieses Buch entstehen zu lassen.

- den Testlesern, für eure hilfreichen Anmerkungen und Ideen
- meine Lektorin Tanya, für das Korrigieren, die Stiländerungen und das Lesbarmachen, sowie meiner Korrekturleserin Melanie.
- meiner Designerin, dafür, dass „Beth, Devon und Travis“ ein Gesicht bekamen.
- meinem Mann, für alles, was noch nicht erwähnt wurde.

Ich hoffe, es hat Ihnen gefallen und wir lesen uns bald wieder! Über eine Rezension auf den bekannten Plattformen würde ich mich natürlich sehr freuen, aber ich schreibe gerne auch ohne weiter für Sie!

Ihre
Rhiana Corbin

Leseprobe

The Scent

Karmesinrot

Easton Maddox

Du bist alles, was ich mir je gewünscht habe?
Eindeutig - ja!

One

Holy Shit!

Würde man den Wert der Klunker, welche die Damenwelt an diesem Abend hier trägt, addieren, käme ein ganz schönes Sümmchen dabei heraus. Der Betrag muss sich auf mehrere Millionen Dollar belaufen, wenn ich das so schnell im Kopf überschlage. Manch einer wird glauben, dass ich nicht mal eins und eins zusammenzählen kann, doch der irrt gewaltig. In meinem hübschen Kopf wohnt ein unschlagbarer Computer, wenn es um Zahlen geht. Die Mathematik ist meine Welt. Und eines ist sicher - dieser Ort hier ist der reinste Algorithmus.

Ich streife durch die Räume, als würden sie mir gehören, zumindest, als wären sie mir vertraut.

»Lady, bei all diesen Kostbarkeiten, die es zu bestaunen gibt, sind doch Sie das kostbarste Gut hier, wenn ich es so sagen darf.« Die Worte dringen an mein Ohr und eine Hand legt sich auf meine Hüfte. Sofort schrillen sämtliche Alarmglocken; Körperkontakt ist ein No Go.

»Da kann ich Ihnen leider nicht zustimmen, Mister. Jedoch haben die Klunker hier und ich eines gemeinsam - berühren der Ware verboten.« Ich winde mich geschickt aus der Umarmung.

»Hey, Schätzchen, also wenn das die Aufforderung ist, ein Angebot zu machen, dann ...«

»Schätzchen? Entschuldigung, aber wir spielen nicht in der gleichen Liga.« Ich blicke diesen untersetzten glatzköpfigen Kerl finster an und hoffe, dass meine arrogante Miene ihn in die Flucht schlägt.

»Hör mal ...«

»Hallo, Carter. Ich hoffe, Sie haben etwas Hübsches für Ihre Frau ins Auge gefasst?«

Die tiefe samtene Stimme dicht an meinem Ohr beschert mir ein Kribbeln, als würden Nadelstiche meinen Körper malträtieren – auf eine beunruhigende Art. Ich zucke leicht zusammen, denn mir ist sofort klar, dass dieser Mann mir Unheil bringen wird. Die Art und Weise, wie er mit dem Gast spricht, macht klar, dass er eigentlich an mir interessiert ist.

»Ja, natürlich! Ich werde morgen ein Angebot abgeben.« Carter Mills wirft mir noch einen Blick zu, der sagen soll, dass er mich für käuflich hält, macht aber auf dem Absatz kehrt, und stolziert erhobenen Hauptes davon. Er sitzt im Aufsichtsrat mehrerer Banken, ich habe ihn gegoogelt, so wie ich fast jeden Gast dieser Ausstellung überprüft habe, inklusive des Gastgebers - Colder Scent.

Scent ist einer der reichsten Männer auf dem Erdball, laut Forbes, achtunddreißig, ledig, und er wohnt abwechselnd in Antwerpen, New York und Kapstadt. Als Beruf gibt er Diamanthändler an. Wo er sonst noch seine Finger im Spiel hat, ist wohl sein Geheimnis.

»Ich glaube, wir hatten noch nicht das Vergnügen?« Die wohlklingende Stimme vibriert in meinem ganzen Körper. Ich drehe mich zur Rechten, um diesem geheimnisvollen Klang auf den Grund zu gehen.

Oh, wow! Ich ertrinke in einem Meer von Grau. Nicht fünfzig Schattierungen, nein, mindestens einundfünfzig. Tief hängende Wolken über weißen Berggipfeln. Seine Augen werden umrahmt von Wimpern, die jede Frau neidisch machen würden. Fein geschwungene schwarze Augenbrauen, von denen er eine fragend in die Höhe zieht.

Ich kann nur hoffen, dass mir nicht der Mund offen steht, so überrascht mich der Anblick, der sich mir bietet. Ich habe bereits Fotos von ihm gesehen, ihn studiert, doch die Realität sieht ganz anders aus. Besser. Umwerfend, wenn man es genau nimmt.

»Colder Scent, ich bin Ihr Gastgeber.«

Er reicht mir die Hand, die ich zögerlich ergreife, und haucht mir einen Kuss auf mein Handgelenk, nicht auf den Handrücken. Nein, er nimmt sich mein Handgelenk vor. Seine Lippen berühren kaum meine Haut, doch es kribbelt, als würde Strom fließen. Dabei beugt er sich vor und schenkt mir einen Blick auf sein kurzes welliges Haar. Schwarz wie die Nacht. Er duftet angenehm. Sauber, nach einem herben Duschgel und einem Hauch von Passionsfrucht und ... Rum?

»Mr Scent.«

»Oh, bitte, für Sie Colder, Miss ...?«

»Brody, Natalie Brody.«

»Natalie, ein wirklich schöner Name. Stehen Sie auf der Gästeliste, Natalie?«

»Ich bin die Begleitung eines Gastes. Also stehe ich sozusagen auf Ihrer Liste.«

Colder hält noch immer meine Hand. Als ich ihn loslassen will, verstärkt er den Griff und sein Blick wird intensiver. »Bisher hatte ich Sie nicht auf meiner Liste, aber das wird sich in Zukunft ändern.«

Er trägt einen schwarzen Anzug mit weißem Hemd, es steht am Kragen offen, keine Krawatte. Es lässt die Sicht auf einige wenige Brusthaare frei, was sehr erotisch wirkt, sodass mein Höschen gleich feucht wird. Seine Muskeln unter der Kleidung sind offensichtlich und sein herbes Gesicht mit dem eckigen Kinn und den hohen Wangenknochen wird von einem dunklen Bartschatten bedeckt, der mehr als drei Tage alt ist. Meine Güte, er ist ein Gott - ein Sexgott! Da könnte ich gleich meinen Auftrag vergessen, zumindest für einen kurzen Augenblick.

»Verraten Sie mir den Namen Ihres Begleiters?«, fragt er erneut nach und ich erinnere mich wieder an die Frage.

»Dort drüben!« Ich zeige auf das Büfett, an dem sich eine Menge Menschen drängeln, um von diesen edlen Häppchen, dem Belugakaviar oder dem Hummer in Weißweinsoße bloß etwas abzubekommen.

Sein Blick folgt der Richtung, in die mein Finger zeigt. »Georges Braque? Der Schmuckhändler aus Paris?«, fragt er verwundert und sein Blick gleitet an meinem Körper entlang. Überlegt er, ob ich eine Sünde wert bin?

»Ja, Georges ist so ein netter Mensch. Er hat mich gebeten, ihn heute zu begleiten.«

»Aber Georges ist schwul.«

»Das macht doch nichts. Ich will ihn ja nicht heiraten!« Ich lache leise auf und schnappe mir ein Glas von einem Tablett, das ein Kellner an uns vorbeiträgt.

Endlich lässt Scent meine Hand los und ich fahre mir ein wenig nervös durch mein Haar, trinke einen Schluck, um meine Nerven zu beruhigen. Normalerweise gilt bei mir, kein Alkohol während der Arbeit, doch heute muss ich eine Ausnahme machen. Dieser Colder Scent ist ein Mann, der einem den Atem raubt. Ich beneide jede Frau, die schon in seinem Bett gelandet ist. Und das waren laut der Yellow Press nicht gerade wenige. Natürlich wünsche ich mir nicht, dazuzugehören, denn einen Mann mit vielen anderen Frauen zu teilen, ist nicht mein Ding. Aber trotzdem beneide ich die, denen seine ungeteilte Aufmerksamkeit zuteilwird.

»Ich werde dann mal«, meine ich und schaue ihm direkt in die Augen.

Er lehnt sich etwas dichter zu mir herüber, legt eine Hand auf meinen Rücken. Mein Kleid ist tief ausgeschnitten, also landet sie auf meiner nackten Haut und eine Gänsehaut läuft über meinen Körper. »Ich bin sicher, wir werden uns noch einmal wiedersehen, Natalie.« Er spricht direkt in mein Ohr und seine Lippen berühren mich.

Ich schnappe nach Luft - er ist wirklich unwiderstehlich. Was für ein Mann!

*

Nur mit Gewalt kann Colder sich von dieser Frau abwenden. Doch er ist der Gastgeber und muss sich auch um seine anderen Gäste kümmern. Er hat hier einen Job zu erledigen, damit die Kasse klingelt, und ist nicht zu seinem Vergnügen hier. Auch wenn es sicherlich eine Wonne wäre, seine Zeit mit dieser Natalie zu verbringen. Sie zu berühren, dabei auf ihre nackte Haut zu stoßen, hat ihn augenblicklich hart werden lassen. Das ist ihm schon lange nicht mehr passiert. Verflucht, ist sie hübsch!

Nein, hübsch, ist gar kein Ausdruck. Sie ist aufregend. Ihr langes braunes Haar hat die gleiche Farbe wie ihre Augen: braun mit goldenen Akzenten - wirklich verführerisch. Sie ist schlank mit Kurven an den richtigen Stellen. Auf ihrer sonnengebräunten Haut schimmerten goldene Härchen, die sich aufstellten, als er sie berührte. Dieses Detail ist ihm nicht entgangen, genauso wenig, wie sie verzweifelt nach einem Gesicht in der Menge suchte, das ihr bekannt war. Sie fand keines. Bleibt die Frage offen, wie sie hier hereingekommen ist. Zu den Ausstellungsräumen hat man nämlich nur Zutritt mit einer persönlichen Einladung, die fälschungssicher mit einem QR-Code versehen ist.

Wen hat sie bestochen, damit er sie hier hereinschleust? Und eine weitere Frage ist: Was will sie hier?

»Colder, besorgst du mir bitte einen Drink?«

Er blickt der jungen Frau entgegen, die auf ihn zutorkelt. Es ist Sydney York. Er hat einmal mit ihr geschlafen, was sich im Nachhinein als Fehler herausstellte. Sie hält sich für seine neue Freundin und hat dies auch bereits in den Medien breitgetreten. Der Schaden ist angerichtet und nur schwer wieder zu beheben.

»Sid, du bist betrunken, es ist besser, du lässt dich ins Hotel fahren.« Er gibt einem der Security Leute einen Wink.

»Nein, ich schlafe heute bei dir!« Sie legt ihren Kopf in den Nacken und schaut zur Decke, zu seiner Wohnung, die im oberen Stockwerk liegt.

Er packt sie unsanft an den Armen und drängt sie Richtung Ausgang. »Das wirst du ganz sicher nicht. Rush wird dich fahren.« Er übergibt Sydney an seinen Security Mann. »Bring sie ins Hotel. Und pass auf, dass sie auch dort bleibt.«

Auf Rush ist Verlass. Er arbeitet seit zwei Jahren für Colder und hat sich bisher als äußerst zuverlässig erwiesen.

Colder hasst diese Art von Veranstaltungen, die er zweimal im Jahr organisiert, wobei ihm hier in Kapstadt die Ausstellung im Januar wesentlich mehr zusagt, als die im August in New York. Er stellt ausgewählte Schmuckstücke und Edelsteine aus, die einen Tag später bei einer großen Auktion versteigert werden. Seine Käufer sind Juweliere und Privatleute, die er persönlich aussucht. Eine Einladung von Colder Scent zu einer seiner Auktionen kommt einem Ritterschlag gleich, das hat sich in der Branche herumgesprochen.

»Colder, wer ist diese Kleine, die Sie vorhin im Arm hatten?«

Carter Mills hält ein Glas Champagner in der Hand und trinkt einen großen Schluck. Colder beobachtet dabei angewidert dessen wulstige Lippen, die sich über den Glasrand wölben.

»Welche Kleine?«, fragt er desinteressiert, als wüsste er nicht, von wem die Rede ist.

»Diese braunhaarige Elfe, die im schwarzen Kleid.«

»Sie reden von Natalie, meiner Verlobten?«

Carter leckt sich gierig über die Lippen. »Oh, sie ist Ihre Verlobte? Wie haben Sie es geschafft, diese hinreißende Frau vor der Presse zu verstecken?«

»Die Presse bekommt nur das von mir, was ich will. So einfach ist das. Sie sollten Ihre Finger bei sich behalten, Carter, wenn Sie nicht wollen, dass man sie Ihnen eines Tages abhackt.« Damit wendet Colder sich ab und lässt Carter Mills einfach stehen. Er hat sich vielleicht ein wenig hart ausgedrückt, doch er ist in der Bronx aufgewachsen, kennt sich im wahren Leben aus.

Er muss diese Frau finden. Mit wachem Blick läuft er die unteren Räume seiner Villa ab, kann Sie aber nirgends entdecken. Vermutlich hat sie die Veranstaltung genauso verlassen, wie sie gekommen ist. Unbemerkt.

*

Ungesehen in den ersten Stock zu gelangen, ist mehr als einfach. Die Mitarbeiter der Security sind gut, aber ich bin besser. Der Rucksack, den ich dort am Tag zuvor deponiert habe, als ich als Reinigungsfrau getarnt hier aufgekreuzt bin, liegt noch an seinem Platz. Schnell ziehe ich meinen schwarzen hautengen Overall an, das Kleid und die High Heels verstaue ich in dem Sack. Ich schnappe mir das gute Stück und laufe hinauf ins oberste Geschoss der Villa. Zu den Privaträumen von Colder Scent.

Die Türen zu seinem Privatbereich sind noch nicht einmal abgeschlossen. Wie leichtsinnig, Mr Scent! So etwas kann man sich wohl nur leisten, wenn man mehr als genug Geld besitzt.

Ich schalte meine kleine Taschenlampe an und suche nach dem Weg in sein Schlafzimmer. Wo sonst würde er das aufbewahren, was ich suche? In der Ausstellung hat ein ganz besonderes Stück gefehlt. Ein Collier mit einem Rubin von mehr als 50 Karat. Er soll aus dem Chaiyo-Rubin stammen, um dessen Fund und Echtheit sich eine Menge Geheimnisse und Gerüchte ranken. Das Collier soll angeblich mehr als fünf Millionen Dollar wert sein. Dafür kann man schon mal etwas riskieren.

Wo würde ein Mann wie Colder Scent solch ein wertvolles Stück aufbewahren, wenn nicht in seinem Allerheiligsten?

Der Raum liegt am Ende des Ganges, vor Kopf, und es gibt eine große Flügeltür. Das Zimmer ist riesig, genau wie das Bett. Was treibt dieser Mann in so einem großen Bett? Oder muss er vielleicht etwas kompensieren? Nein, das kann ich mir einfach nicht vorstellen. Scent ist mit Sicherheit eine Granate im Bett. Auch wenn ich es nicht selbst herausfinden werde, so bin ich mir dessen doch sicher.

Der Schlafraum liegt nicht im Dunkeln, die indirekte Beleuchtung ist eingeschaltet. Colder hat es wohl gerne gemütlich, wenn er nach Hause kommt. Mir gefällt sein Einrichtungsstil. Übersichtlich, klar und männlich. Der Innenarchitekt hat gute Arbeit geleistet.

Ich öffne eine Tür, dahinter finde ich den begehbaren Kleiderschrank. Eine ganze Menge Anzüge hängen geordnet an der Stange. Ebenso die maßgeschneiderten Hemden sowie Schuhe und Krawatten. Mein Gott, ist dieser Mann sorgfältig. Ich bin mir sicher, dass es sich bei ihm um einen Krebsmann handelt. Ich kenne mich mit Sternzeichen gut aus und Mr Scent ist eindeutig im Zeichen des Krebses geboren.

Gerade als ich den Schrank wieder schließen will, flammt das Licht der Deckenbeleuchtung auf und ich fahre erschrocken zusammen.

»Kann ich Ihnen in irgendeiner Weise bei Ihrer Suche behilflich sein, Miss Brody?«

Two

Scheiße!

Scheiße!

Scheiße!

Das kann doch jetzt nicht wahr sein! Was macht er hier oben? Sollte er nicht unten bei seinen Gästen sein? Mein Informant ist sich sicher gewesen, dass die Alarmanlage ausgeschaltet bleibt. Wer hat hier jetzt wen verarscht? Die zehntausend Dollar Prämie, die ich bezahlt habe, habe ich wohl eindeutig in den Sand gesetzt.

»Interessante Bekleidung, Miss Brody.«

Im ersten Moment habe ich mit der Security gerechnet, doch Colder Scent hier persönlich zu begegnen, grenzt schon fast an Ironie.

»Obwohl mir das Kleid an Ihnen besser gefallen hat. Darf ich nach dem Grund Ihrer Anwesenheit in meinem Schlafzimmer fragen?«

Meine Gedanken überschlagen sich. Langsam gehe ich auf ihn zu, er hat mittlerweile die Tür hinter sich geschlossen. Umständlich ziehe ich die Handschuhe aus, dic ich tragc.

»Vielleicht war ich ja auf der Suche nach Ihnen?«, frage ich und schwinge betont bei jedem Schritt meine Hüften.

»In meinem Kleiderschrank?«

»Ich wollte mich davon überzeugen, dass Sie ein Mann mit Geschmack sind.«

Er zieht eine Augenbraue in die Höhe. »In diesem Outfit?«

Mein Blick geht zur Tür, um abzuschätzen, wie schnell ich aus diesem Raum wohl entwischen kann. Im Moment gehen meine Chancen wohl gegen null, da Colder mit seinem Körper den Weg versperrt.

»Miss Brody, halten Sie mich für einen Idioten?« Er kommt langsam auf mich zu und mir fällt beim besten Willen keine gute Erklärung ein, was ich hier in seinem Privatbereich mache.

Sein Smartphone klingelt und er nimmt das Gespräch an, ohne nachzuschauen, wer der Anrufer ist. Behält mich dabei im Auge.

»Ja«, meint er kurz und hört dann angespannt zu.

»Was Sie nicht sagen. Danke für das Briefing.«

Er steckt das Gerät wieder in seine Jackentasche und ein Lächeln überzieht seine Lippen.

»Sie sind also eine Diebin, wie mir gerade mitgeteilt wurde. Sogar eine Meisterdiebin, wie man mir versicherte. Obwohl es Sie nicht gerade auszeichnet, wie Sie hier in die Falle getappt sind. Das war doch wohl ein wenig dilettantisch.«

»Was hat mich verraten?« Es hat keinen Zweck zu leugnen, ich weiß, wann ich verloren habe.

Er zeigt auf das Handy in seiner Jackentasche. »Der Bewegungsmelder schickt ein Signal an mein Handy. Ich bin überrascht, dass Sie darüber nicht informiert waren.«

»Das muss mir wohl entgangen sein. Nun, ich habe nichts gestohlen. Wenn Sie mich jetzt entschuldigen möchten.« Ich will an Scent vorbei, doch er hält mich am Arm fest, sodass ich ihm nicht entwischen kann.

»Wo wollen Sie hin? Wartet vielleicht Georges auf Sie?«

Er sagt es mit einem gewissen Unterton, der mich erkennen lässt, dass meine Lüge entlarvt worden ist.

»Schlagen Sie mal im Lexikon unter Georges Braque nach. Dort werden Sie bestimmt auch einige seiner Gemälde finden ... und natürlich auch seinen Todestag, irgendwann 1963.«

Mist.

»Ich ziehe Google vor«, gebe ich trotzig zurück. Natürlich, Braque war ein Maler des Kubismus. Wie konnte mir das nur entfallen?

»Ich denke, dort werden Sie die gleichen Angaben finden. Ich ziehe jedenfalls das gute alte Buch vor. Ich glaube, es wird Zeit, die Polizei zu benachrichtigen.«

Sein Tonfall hat sich verändert. Seine Worte, hart und kalt, knallen mir wie Peitschenhiebe um die Ohren.

»Ist das wirklich notwendig? Ihnen ist kein Schaden entstanden.« Ich hebe die Hände, als würde ich mich ergeben wollen.

»Ich habe keine Ahnung, ob den Behörden hier in Kapstadt ein Haftbefehl gegen Sie vorliegt, aber Sie sind eindeutig unbefugt in mein Haus eingedrungen. Ich denke, das reicht, um Sie zu verhaften.«

Ich schnappe hörbar nach Luft. Nein, das darf doch alles nicht wahr sein!

»Hören Sie, Colder, Sie sind doch ein vernünftiger Mensch. Ich denke, wir werden das irgendwie regeln können, ohne die Polizei zu bemühen.« Ich verspüre keine Lust, auch nur einen Tag in einem südafrikanischen Gefängnis zu verbringen.

»Ich bin Geschäftsmann. Was bieten Sie mir an, Miss Brody?«

»Wie wäre es, wenn Sie mich zuerst einmal Natalie nennen?«

*

»Sehr gerne, Natalie.« Er lässt sich ihren Namen auf der Zunge zergehen. Ihre Lider flattern, nur ganz leicht, aber er registriert es. Sie ist keine gute Schauspielerin.

»Leider gibt es nichts, was ich Ihnen anbieten könnte, das Sie sich nicht selbst kaufen könnten. Aber vielleicht machen Sie mir einen Vorschlag, Colder?«

Sein Blick gleitet genussvoll über ihren Körper und er wünscht sich, er würde sie berühren. Sie ist heiß, das muss man ihr lassen. Selbst in diesem schwarzen Catsuit, der wirklich nichts verbirgt, macht sie eine unglaubliche Figur.

»Sie«, ist seine knappe Antwort.

»Wie bitte?«

»Ich will Sie, dafür, dass ich nicht die Polizei involviere.«

»Mich?« Sie lacht erschrocken auf. »Ich stehe nicht auf der Liste der zur Verfügung stehenden Dinge. Tut mir leid, Colder. Sie müssen sich eine Alternative aussuchen.«

»Ich will aber nichts anderes. Alles andere habe ich schon.«

»Ich schlafe nicht mit Männern, die mir einfach so über den Weg laufen. Ich bin vieles, aber keine Schlampe.« Sie schaut Colder verächtlich an. Ihr solch einen Vorschlag zu machen, sieht sie wohl als Affront an.

»Sie verstehen meine Forderung vollkommen falsch, meine Liebe. Ich will nicht mit Ihnen schlafen, ich will Sie in meinem Leben. Sie sollen meine Verlobte spielen. Eine Zeit lang.«

Überrascht öffnet sich Natalies Mund, doch es kommt kein Ton heraus. Sie schließt ihn wieder und rauft sich die Haare. »Warum?«, bricht es aus ihr heraus.

»Das Warum steht nicht zur Debatte. Es geht Sie nichts an. Ich habe meine Gründe, dass ich der Welt eine Verlobte präsentieren will. Sie wären das perfekte Objekt.«

»Pah, Sie meinen, ich wäre das perfekte Opfer. Nein, tut mir leid, so haben wir nicht gewettet.« Sie läuft mit großen Schritten im Raum umher.

»Hinter was sind Sie her, Natalie?« Colder geht hinüber zu einem Bild, das er zur Seite klappt. Dahinter befindet sich der Safe. Er drückt seinen Daumen auf den Fingerscanner und die Tür springt auf. Er nimmt etwas heraus und geht auf Natalie zu.

»Ich verwette Ihren knackigen Hintern, dass Sie das hier gesucht haben.«

Er hält ihr ein Collier entgegen, an dessen Ende ein großer Rubin baumelt.

»Der Chaiyo-Rubin«, flüstert sie fast ehrfurchtsvoll.

»Zumindest ein Teil davon.«

»Nun, sehr schön, obwohl ich Aquamarine vorziehe. Sie erinnern mich an das Meer ... Freiheit ... aber dieser ist auch ganz nett. Warum fehlt dieses Stück unten in der Ausstellung?«

»Weil ich das Collier für meine Verlobte aufhebe. Nennen wir es eine Marketingstrategie.«

Natalie bleibt dicht vor ihm stehen. »Sie wollen sich aus Marketinggründen eine Verlobte zulegen? Sind sie noch ganz dicht?«

Colder muss lächeln, sie ist wirklich witzig in ihrer Wut.

»Und Sie verlangen keinen Sex?« Sie traut ihm nicht, anders kann er diese Frage nicht deuten.

»Nicht wenn Sie nicht wollen. Ich habe es nicht nötig, eine Frau zum Sex zu zwingen.«

»Und wenn ich will?«

Nun lacht er laut auf. Sie ist wirklich frech. »Dann werden wir sehen, ob sich eine Gelegenheit ergibt.«

»Was springt für mich dabei heraus? Wovon soll ich leben, solange ich Ihnen ... zu Diensten bin?«

»Ich werde für alle Kosten aufkommen. Kleider, Schmuck, Essen und Unterkunft. Wenn ich Ihre Dienste nicht mehr benötige, sind Sie wieder frei. Ich erwarte über unsere Beziehung hinaus Ihre Loyalität. Sollte etwas von diesem Deal an die Öffentlichkeit dringen, werde ich Sie jagen. Und glauben Sie mir, Natalie, ich verfüge über die Mittel, Sie überall auf der Welt zu finden.«

*

Bei seinem letzten Satz läuft es mir kalt den Rücken hinunter. Er ist so gefährlich, wie er schön ist, und ich weiß nicht, ob ich das Risiko eingehen soll. Was hat er gegen mich in der Hand? Ich stehe in seinem Schlafzimmer, doch ich habe nichts angerührt, wenn wir mal von seinen maßgeschneiderten Anzügen absehen.

»Ich lasse mich nicht erpressen. Sie haben nichts gegen mich in der Hand«, zische ich leise und gehe zur Tür.

Es hätte mich stutzig machen sollen, dass Colder nicht versucht, mich aufzuhalten, doch als ich die Tür öffne, stehen zwei uniformierte Polizisten davor.

»Captain Sangweni. Danke, dass Sie so schnell meinem Hilferuf gefolgt sind. Diese Frau ist in mein Schafzimmer eingebrochen. Ich habe sie auf frischer Tat ertappt.«

»Was? Das stimmt nicht!«

»Das Überwachungsvideo werde ich Ihnen natürlich als Beweis zur Verfügung stellen. Einer meiner Mitarbeiter wird es Ihnen morgen vorbeibringen. Ich bitte Sie, so lange diese Lady in Verwahrung zu nehmen.«

»Natürlich, Mr Scent. Wir werden die Dame aufs Revier bringen.«

»Was?« Ich glaube, ich habe mich verhört.

Bevor ich realisiere, wie mir geschieht, trage ich meine Hände auf dem Rücken, mit Handschellen gefesselt.

»Bitte, das geht nicht! Ich will das nicht! Machen Sie mich los!«, rufe ich verzweifelt und schaue wütend zu Colder, der auf mich zukommt.

»Falls Sie es sich anders überlegen.« Er drückt mir eine Visitenkarte in die Hand, dann werde ich wie eine Diebin, die ich ja auch bin, abgeführt.

Lesen Sie weiter ...

The Scent
Karmesinrot
Easton Maddox

The Scent
Karmesinrot
Easton Maddox

Taschenbuch
978-3-945744-65-9

eBook
978-3-945744-66-6

Natalie Brody lernt in Südafrika den reichen Geschäftsmann Colder Scent kennen. Er ist Diamantenhändler und Natalie hat es nur auf eines abgesehen - seine Edelsteine!
Denn Natalie, schön und klug, hat eine besondere Begabung - sie ist eine Diebin! Und in ihrer Branche unübertroffen!
Doch Colder erwischt die junge Frau und erpresst sie. Natalie soll, damit Colder sie nicht der Polizei übergibt, für einige Zeit seine Verlobte spielen. Was wirklich hinter diesem Handel steckt, erfährt Natalie erst, als es schon fast zu spät ist ...

Weitere Infos unter:
www.rouven-finn-verlag.com

Schrei für mich
Rhiana Corbin

Taschenbuch
978-3-946524-10-6

eBook
978-3-945744-10-9

Darragh O'Brian ist mit Leib und Seele Polizist. Sein Leben in Boston verläuft in ruhige Bahnen, tagsüber. Doch nachts erwacht sein anderes ICH zum Leben. Donnacha. Als eiskalter Nachtclubbesitzer engagiert er Frauen, die in seinem Laden den Männern jeden Wunsch erfüllen müssen. Als die Französin Amandine bei ihm auftaucht und für ihn arbeiten will, ahnt er nichts Böses. Doch als sie ihm am nächsten Morgen als seine neue Partnerin vorgestellt wird, sieht er sein Doppelleben in Gefahr. Und auch seine nicht vorhanden geglaubten Gefühle für das weibliche Geschlecht. Amandine weckt in ihm die Lust und Begierde, auf unbekannten Pfaden zu schreiten.

French side of
dark night
Rhiana Corbin

Taschenbuch
978-3-946524-34-2

eBook
978-3-946524-35-9

Das französische Männermagazin „Noir" steckt in der Krise. Die Auflage geht immer weiter zurück. Zur Rettung wird Alexander Everest engagiert. Ein in der Szene bekannter Chefredakteur, der für seine unorthodoxen Methoden berüchtigt ist. Alexander ist Neuseeländer und äußerst attraktiv, doch sein Privatleben hält er unter Verschluss, sodass eine Menge Gerüchte um sein Liebesleben kursieren. Jule Bupadin, die stellvertretende Chefredakteurin, begegnet Alexander bei ihrem Kennenlernen mit einigen Vorurteilen. Diese scheinen sich auch prompt zu bestätigen, als sie Alexander nach Feierabend in einer Bar begegnet. Er hält sie für leichte Beute, doch er weiß nicht, dass Jule für ihre Kolumne über dominante Männer recherchiert. Und Jule fällt es immer schweren, sich seiner Anziehungskraft zu entziehen, je näher sie sich kommen. Doch dann entdeckt Jule Alexanders dunkles Geheimnis ...

Weitere Infos unter:
www.rouven-finn-verlag.com